一间自己的房间

[英] 弗吉尼亚·伍尔夫 著

怀谷 译

北京理工大学出版社

版权专有 侵权必究

图书在版编目（CIP）数据

一间自己的房间 / (英) 弗吉尼亚·伍尔夫著；怀谷译. -- 北京：北京理工大学出版社，2022.10
ISBN 978-7-5763-1523-3

Ⅰ.①一… Ⅱ.①弗…②怀… Ⅲ.①妇女文学—文学评论—世界 Ⅳ.①I106

中国版本图书馆CIP数据核字（2022）第128432号

出版发行 / 北京理工大学出版社有限责任公司	
社　　址 / 北京市海淀区中关村南大街5号	
邮　　编 / 100081	
电　　话 / （010）68914775（总编室）	
（010）82562903（教材售后服务热线）	
（010）68944723（其他图书服务热线）	
网　　址 / http://www.bitpress.com.cn	
经　　销 / 全国各地新华书店	
印　　刷 / 三河市金元印装有限公司	
开　　本 / 880毫米×1230毫米　1/32	
印　　张 / 5	责任编辑 / 时京京
字　　数 / 110千字	文案编辑 / 时京京
版　　次 / 2022年10月第1版　2022年10月第1次印刷	责任校对 / 刘亚男
定　　价 / 32.00元	责任印制 / 施胜娟

图书出现印装质量问题，请拨打售后服务热线，本社负责调换

序

弗吉尼亚·伍尔夫，生于1882年1月25日，英国小说家，意识流文学大师，20世纪现代主义与女性主义先驱。弗吉尼亚出身于书香门第，其父为史学家、作家莱斯利·史蒂芬爵士；其母为朱莉娅·普林塞普，曾做过数位前拉斐尔派画家的模特，亦是一名护士。弗吉尼亚的父母都曾丧偶，后来带着各自的儿女组建了这个新的家庭，加上弗吉尼亚，他们共有八个儿女。

弗吉尼亚的父母人脉都非常广泛，在社交界和艺术界交友众多。她的父亲是威廉·萨克雷、乔治·刘易斯以及其他许多著名思想家的好友，她母亲的姑姑是19世纪著名的摄影师朱莉娅·玛格丽特·卡梅伦。

弗吉尼亚小时候对事物充满了好奇心，生活无忧无虑。她曾创办了一份家庭报纸，取名《海德公园门新闻》，用来记录自己家里的奇闻逸事。然而，她的两个同母异父的哥哥对她的性侵、母亲与父亲的相继离世，以及后来兄弟姐妹的接连过世等童年时所受的创伤，给她早期的生活蒙上了深重的阴影，甚至使她一生都饱受精神疾病的折磨。

弗吉尼亚于1905年起从事职业文学创作，为《泰晤士报·文学增刊》供稿。她的父亲去世之后，他们一家在布卢姆斯伯里购置了一套房产并搬了进去。在此期间，弗吉尼亚结识了后来的布卢姆斯伯里团体的几位成员，这是一个知识分子和艺术家的圈子，成员包括艺术评论家克莱夫·贝尔、小说家E. M. 福斯特、画家邓肯·格兰特、传记作家利顿·斯特雷、经济学家约翰·梅纳德·凯恩斯和散文家伦纳德·伍尔夫等。

弗吉尼亚与伦纳德·伍尔夫于1912年8月10日完婚。虽然弗吉尼亚极度厌恶房事，且要求分房睡，但夫妻二人感情甚笃，一生相爱。

在嫁给伦纳德之前，弗吉尼亚就开始酝酿自己的第一部小说了。经过九年的创作，弗吉尼亚终于在1915年出版了她的小说处女作《远航》。两年后，伍尔夫夫妇购置了一台二手印刷机，在自家的地下室里成立了霍加斯出版社。伍尔夫夫妇利用这家出版社出版了大量弗吉尼亚的小说，也出版了西格蒙德·弗洛伊德、凯瑟琳·曼斯菲尔德和T. S. 艾略特等人的作品。

四十多岁时，弗吉尼亚已经成为一位大胆创新、富有影响力的女作家以及女性主义的先驱人物。她那在梦境般的场景和极度紧张的情节之间保持平衡的能力，为她赢得了当时人们难以置信的尊敬。

1928年，弗吉尼亚·伍尔夫在剑桥大学格顿女子学院和纽纳姆女子学院做了两场关于《女性与小说》的演讲。次年，伍尔夫将两篇演讲合二为一，并加以扩充，结集为《一间自己的房间》，该书与伍尔夫的另一部小说《三枚基尼金币》一起，被誉为女性主义的开山之作。世人据此推崇伍尔夫为女性主义的代表人物，伍尔夫本人虽然并不喜欢这样的称呼，但她的作品实实在在地影响了当时和后来的女性主义者，这是无疑的事实。伍尔夫创作此书的年代，英国女性关心的是如何借文学安身立命，而时至今日，女性主义无论是在深度还是广度上都发生了深刻的变化。然而，书中所作的诸多探讨，非独对于女性主义，对于当今社会的诸多弊病，亦大有可借鉴之处。

中国女性主义之肇始，当在晚清，正是伍尔夫生活的时代，亦是本书创作的时代。如此说来，女性之解放，中国当不落后于西方。数千年泱泱封建古国，能做到这一点，实在称得上可嘉可贺了。可惜的是，近代中国民族灾难深重，女性解放之火种，终不能成燎原之势，论为女性立言一事，国人着实力不从心。自秋瑾、吕碧城、何殷震等后，中国再少有可圈可点之女性主义者，至于女性主义之理论，则更是越来越隐没了。

可喜的是，中国女性对独立与自由之追求，倒从未见衰减。作为女性主义无可回避的重要人物，伍尔夫及其文字越发吸引了当代女性的目光，《一间自己的房间》一书，亦愈加受到当代女性之追捧，广为流传。

伍尔夫在书中直言，女性若要写作，必得有钱，也得有自己的房间。稳定的收入能保证女性的独立，使其得以沉思；专属的房间能保证女性的隐私，使其不被搅扰，能独立思考。伍尔夫从历史与文学的角度，深入浅出地将其深刻的思想融入文学笔触之中，并结合其意识流的叙述手法，充分阐述了物质条件与心智自由之间的关系。

伍尔夫在书中以大量篇幅分析了英国男权社会对女性之束缚与限制，并指出了女性机会被剥夺之社会因素。然而，她并未将之归咎于男性群体对女性之压制，恰恰相反，她描绘的是一个由两性之本能共同铸就的社会；两性之本能共同定义了整个社会，并影响着个人之行为与机遇。

这倒不是说，伍尔夫认为社会并未明显偏袒男性，相反，她还从两个方面探讨了社会的不公。伍尔夫先是讲到自己如何被虚构的"牛桥"大学拒之门外，接着又为莎士比亚虚构了一个同样天赋异禀的妹妹朱迪丝。对伍尔夫本人而言，"牛桥"——即"牛津"与"剑桥"二词之组合——意义重大，她的兄弟们都曾到牛津、剑桥读书，而她却只能和姐妹们在家中接受母亲的教育；而对莎士比亚的妹妹朱迪丝，伍尔夫用合乎逻辑的推理表明，男权社会如何束缚了朱迪丝，又如何迫使其自杀殒命。

面对整个社会由来已久的性别歧视与大男子主义对女性的压迫，伍尔夫认为，女性只有实现财务自由，掌握自己的空间与生活，不受外界之干扰与损害，方能实现思想之自由，从事文学创作之工。此外，伍尔夫还指出，从历史上看，女性一直以来都被剥夺了经济与知识之自由，因此，几乎所有女性，即便那些富于文学天赋、胸怀抱负的女性，亦由于缺乏从事持续工作与深入思考的机会，而不能实现其目标或发挥其潜能。

书中，伍尔夫审视了自己往日的生活，以及她从姑姑那里得来的、每年五百英镑的遗产。对一个年轻女性而言，这可算是一笔非常可观的收入了。故此，伍尔夫并不像社会底层的女性，她有经济保障，不愁温饱，且能专注于写作。此外，她也设想了那些没有稳定个人收入之女性的命运；心怀写作的雄心壮志，并不能帮助她们战胜物质的匮乏。她所列举的少数以写作为生的中产阶级或下层阶级女性，比如阿芙拉·贝恩，甚至都没有为社会所接纳与尊重，反而受尽鄙视，被人当作"靠头脑生活"的反面教材。

在整个演讲过程中，伍尔夫都非常清楚，她不仅仅是在表达自己的观点，或是讲述某个故事，她认为自己负有一种使命。伍尔夫在一群风华正茂的知识女性面前谈论她们将来的职业生涯，这绝非偶然之事。她想方设法向她们阐明自己的观点，希望她们能用自己的知识与才能改变下一代妇女的命运，为她们创造文学的遗产与物质的财富。

伍尔夫主张，女性除了受到社会传统的束缚，还同时受到历史与遗产缺失的制约。故此，她才呼吁面前的年轻女知识分子们，要运用自己所受的教育，成为崭新的一代，为后世的女性创造出可供她们景仰的历史与可资效仿的文学遗产。从这一角度来看，伍尔夫的《一间自己的房间》一书，确是亟须我辈拜读了。中国之女性主义，历史不长，伍尔夫于文中所言，应当使我们有所启发、有所领悟、有所奋发。中国女性之平等、自由与独立之路，诚可谓其修也远兮，然得此良言如金玉在手，未来诚可期也。

怀谷

目录

第一章 — 001

第二章 — 031

第三章 — 051

第四章 — 073

第五章 — 101

第六章 — 123

第一章

你们可能要问了,我们请你来,是想听你谈谈"女性和小说"的话题,这跟"一间自己的房间"有什么关系呢?

我试着给大家解释一下。知道你们让我来谈"女性和小说"这个话题以后,我就在河岸边坐下来,开始琢磨这几个字到底是什么意思。我琢磨着,应该稍微评论一下范妮·伯尼①,多聊两句简·奥斯汀②,向勃朗特姐妹③聊表敬意,再勾勒一下皑皑白雪下的霍沃斯居所④,不行的话就再讲几句米特福德小姐⑤的俏皮话,恭维一下乔

---

① 范妮·伯尼(Fanny Burney)(1752—1840),英国女小说家和书简作者,风俗小说发展史上里程碑的《埃维莉娜》的作者。后又被称为达布莱夫人(Madame d'Arblay)。
② 简·奥斯汀(1775.12.16—1817.07.18),英国作家。代表作:《傲慢与偏见》《理智与情感》等。她通过对日常生活中的普通人物的描绘,第一次为小说这种文学体裁赋予了鲜明的时代特征。
③ 分别是夏洛特·勃朗特(Charlotte Brontë)(1816—1855)、艾米莉·简·勃朗特(Emily Jane Brontë)(1818—1848)、安妮·勃朗特(Anne Brontë)(1820—1849),均为19世纪英国诗人、小说家。代表作分别为《简·爱》《呼啸山庄》《艾格尼丝·格雷》。
④ 指勃朗特家族故居纪念馆(Brontë Parsonage Museum),是勃朗特学会(The Brontë Society)为纪念勃朗特姐妹在其英格兰西约克郡的故居上设立的。
⑤ 玛丽·拉塞尔·米特福德(Mary Russell Mitford)(1787—1855),英国剧作家、诗人、散文家。代表作:《我们的村庄》。

治·艾略特[1]，再提两句盖斯凯尔夫人[2]，"女性和小说"的意思，大概就可以了吧。

可仔细一想，我发现这几个字好像没这么简单。按照你们的意思，"女性和小说"这个话题，可以指女性和女性的形象、女性和女性所创作的小说，或者女性和那些描写女性的小说，又或者可以是这三种意义紧密结合在一起，你们也许想让我从这个角度来考虑这个问题。

最后一个角度似乎最有意思，可当我顺着这个方向开始思考的时候，我很快就发现这里面有一个致命的弊端：我永远也说不出什么像样的道理来。

在我看来，一个演讲者最根本的任务，就是能用一个小时的时间，把一点纯粹的真理交到你们手里，让你们把它夹在笔记本里，永远供奉在壁炉架子上。

我所能做的，只是就一个小小的问题跟你们说一说我的看法——一个女人如果想要写小说，她就必须得有钱，此外，还得有一间属于自己的房间。所以你们看，女人的本质和小说的实质，这两个大问题在我这里都没有得到解决。我回避了解释这两个问题的责任，因为不管是"女性"还是"小说"，对我来说都还是悬而未决的难题。

---

[1] 玛丽·安·埃文斯（Mary Ann Evans）（1819—1880），笔名乔治·艾略特，英国小说家、诗人、记者、翻译家。她是维多利亚时代的主要作家之一，代表作：《罗莫拉》《米德尔马契》《弗洛斯河上的磨坊》。

[2] 伊丽莎白·克莱格霍恩·盖斯凯尔（Elizabeth Cleghorn Gaskell）（1810—1865），英国小说家、传记作家，代表作：《玛丽·巴顿》等。是第一位为夏洛特·勃朗特作传的作家。

不过，作为弥补，我会尽我所能向你们解释，我是如何产生关于房间和钱的看法的。我会尽可能充分、坦率地向你们展示我的思路，告诉你们我为什么会有这种想法。也许，等我把这句话背后的思想和成见都摆明之后，你们就会发现，这两者对女性和小说都有一定的影响。

不管怎么说，如果某个话题争议极大，我们就没法指望自己说的就是真相；任何关于两性的话题都是这样。你只能向人表明自己如何产生这些看法。演讲者只能让听众观察他的局限、成见和个性特质，然后得出他们自己的结论。这样看来，小说可能包含更多的真理而非事实。所以，我打算动用作为小说家的全部自由和权利，跟你们讲讲我到这里来之前那两天的故事，讲讲你们撂在我肩头上的这副担子是如何压得我直不起腰来，让我苦思冥想，让我的生活一天天不得安宁。

自不必说，我下面要描述的事物都是不存在的，"牛桥"是虚构出来的，"芬汉姆学院"也是，"我"也不过是为了代指一个并不真实存在的人，图个方便才有的称呼。

我说出来的话里有假话，但也可能夹杂着一些真言。你们需要找出这些真理，并判断其中有没有可以接受的部分。要是找不出什么真理，你们也完全可以把这些话全都扔进废纸篓里，彻底地忘掉它们。

故事是这样的，一两个星期以前，十月里的一天，天朗气清，我（你们可以叫我玛丽·贝东、玛丽·西顿、玛丽·卡迈克尔或者随便什么名字，这不是什么重要问题）坐在河岸上，陷入了沉思。我刚才提过,"女性和小说"的话题很容易引得群情激愤,激起人们的种种偏见,可我又不得不就这个问题讲论一番,我被压得喘不过气来,只好把头深深地埋起来。

在我左右两边,生长着亮丽鲜艳的灌木丛,或金黄,或深红,那景象恰似在火焰的炙烤下燃烧。远处的河岸上,柳树在无休止地哀恸哭泣,枝条如发丝摆动。河水倒映着近处的天空、小桥和鲜艳如火的树木。

有学生划着小船轻盈掠过,河面的倒影,破镜复又重圆,仿佛他从未经过。人们可以在这样的地方待上一整天,沉浸在自己的思想当中。思想——这么称呼它有点言过其实了——也把它的钓索甩到了水中。时间一分一秒地流逝,思想的钓索在倒影和杂草中间来回地摇晃着,任由自己随着河水浮沉——你们应该知道这种轻轻的拖曳——直到脑中突然浮现出一个想法。我小心翼翼地收线,又小心翼翼地把上了钩的想法拉出水面。等到把它放到草地上一看,哎呀,我这想法多么渺小,多么微不足道啊,若是一条这样微小的鱼,有经验的渔夫会把它放回水里去,好让它长得更肥硕一些,有朝一日可以钓来做出真正的美味佳肴。

我现在不想让你们为这个想法烦恼,不过,要是你们留心的话,还是能在我后面要讲的话里,察觉到这种想法。

可是话又说回来,不管这想法有多微小,它到底还是神秘的。一旦回想起来,立刻就让人觉得激动不已,觉得它意义非凡;它在我的脑海中来往奔突,此起彼伏之间,各种各样的念头就这样涌上心头,让人坐立难安。

这时，我发觉自己正快步走在一片草坪上。我立马发现一个男人的身影挡住了我的去路。一开始我也不知道这个穿着燕尾服和晚装衬衫、看起来稀奇古怪的家伙是在冲我做手势。他脸上写满了厌恶和愤慨。

好在我的本能而非理性及时拉了我一把：

他是学校的礼官，而我是个女人。

我正站在草地上，旁边是碎石路。只有研究员和学者才能来这片草地，我该走碎石路才对。这种念头转瞬即逝。我回到碎石路上以后，这位礼官就把胳膊放了下来，脸上也恢复了往常的平静。虽然草地走起来是比碎石路更舒服，但我倒也没受到什么太大的伤害。这所不知道什么样的大学的这些研究员和学者们，已经接连不断地把这块地盘碾压了三百年，而我唯一可以控诉的，就是他们为了保护自己的地盘，害得我把我的小鱼给弄丢了。

究竟是什么样的想法才会让我如此大胆地闯进那个禁区，我现在已经回忆不起来了。和平的灵从天上降下来，好像一片云彩。如果世上真的存在和平的灵，那他必定是降临在那个十月里风和日丽的清晨，在牛桥大学的庭院和方庭里了。我漫步在各个学院，经过那些古老的殿堂，刚才眼前的不平静似乎已经被抚平了。我的身体好似停留在一个神奇的玻璃柜子里，外界一切的声响都被隔绝了，而我的思想也从与现实的接触中解脱出来（除非我又闯进了什么禁区），可以在这片祥和的静谧中无拘无束地做一点应景的思考了。

偶然间，曾经读过的某篇旧文浮现在我的脑海中——一篇描写长假里重游牛桥的文章——它让我想起了查尔斯·兰姆①。萨克雷②曾经把兰姆的一封信贴在自己额头上,高呼查尔斯为圣人。

的确,在所有已故的作家当中(我想到什么就说什么了)兰姆是最和蔼可亲的一位了。在他面前时,人们会乐意问他说:"请告诉我,您的文章是怎么写出来的呢?"我想,他的文章甚至比马克思·比尔博姆③写得还要好,已经臻于完美了。他狂放不羁的想象力,作品中所闪现出来的天才的光辉,虽然多少令他的作品带有一些瑕疵和缺陷,却难掩其中满满的诗意。

大概一百年前,兰姆曾到过牛桥大学,他确实写过一篇文章,不过我想不起来这篇文章的题目了。文章里说他在这里读到了弥尔顿④一首诗的手稿,诗名好像叫《利西达斯》。

兰姆写道:他一想到《利西达斯》这首诗里的任何一个词语都可能与自己所读到的版本不同,就感到无比震惊。就连想象一下弥尔顿修改诗中的词句,他都觉得是一种亵渎。这不由得令我回想起《利达西斯》这首诗的片段来,我自得其乐地揣摩着弥尔顿会做哪些改

---

① 查尔斯·兰姆(1775—1834),英国散文家、诗人、古董商。代表作:《伊利亚随笔集》。
② 威廉·梅克比斯·萨克雷(William Makepeace Thackeray)(1811—1863),出生于印度的英国小说家、作家、插画家,以其讽刺作品而闻名,尤其是1848年的小说《名利场》和1844年的小说《巴里·林登的好运》。
③ 指亨利·马克西米安·比尔博姆爵士(Sir Henry Maximilian Beerbohm)(1872—1956),英国散文家、戏剧家、漫画家。
④ 约翰·弥尔顿(John Milton)(1608—1674),英国诗人、历史学家,被认为是继威廉·莎士比亚之后最重要的英国作家。代表作:《失乐园》《复乐园》《力士参孙》。

动，其原因又是什么。我突然想起来，兰姆看到的那份手稿离我不过几百码之遥，就珍藏在那座闻名于世的图书馆里，我何不循着兰姆的踪迹，穿越牛桥的校园，一睹它的真容呢。去图书馆的路上，我又记起，萨克雷的《埃斯蒙德》手稿也收藏于这间举世闻名的图书馆中。

批评家们常说，《埃斯蒙德》是萨克雷创作的最完美的一部小说。可是在我的记忆当中，除非萨克雷确实熟悉18世纪的文风，否则这部小说装腔作势的风格和其中对18世纪的拙劣模仿真让人没法儿读下去。这个问题其实也好办，我们只需看一眼手稿，看他所作的修改是为了追求风格还是为了顾及意义，就知道是怎么回事了。

可是这样一来，我们就得先弄清楚风格是什么，意义又是什么，关于——啊！对了，我这会儿其实已经站在图书馆门前了。我肯定是打开了那扇门，才招来了这位满头银发、面色和善的绅士。他就像拦路的守护天使一样，一下子就挡在了我面前，只不过他黑袍加身，背后也没有雪白的翅膀。

他不以为意地冲我挥着手，低着嗓子跟我说："很抱歉，没有学院研究员的陪同或未携带介绍信，女性不得进入图书馆。"

对这么一座声名显赫的图书馆来说，一个女人对它的咒骂根本算不得什么。它庄严而又宁静，紧紧地怀抱着它所有的珍宝，自鸣得意地陷入沉睡之中，反正在我看来，它必定是要永远长眠下去了。我满腔怒火地走下台阶，边走边发誓，再也不会踏足于此，再也不会到这儿来讨嫌了。

可是还有一个小时才到午饭时间，我该干吗去呢？到草地上去散步吗?还是坐到河边发呆呢?今天上午确实是秋高气爽的好天气,树叶飘摇着散落在地上,把地面染得鲜红。

这两个去处其实都可以,但这时候我突然听到一阵音乐,是会众做礼拜或者某种宗教仪式的声音。经过礼拜堂大门的时候,我听见管风琴大声地倾诉着,甚至宁静的空气中都回响着基督教式的哀伤,跟哀伤本身相比,这听起来更像是对哀伤的一种回忆,甚至连那架古旧管风琴的呻吟声也交叠进这份宁静当中。就算我有权利,我也不会进这种地方,说不定这次教堂司事再把我拦下来,兴许还会问我要洗礼证或是座堂主任牧师的介绍信。

不过这些宏伟建筑的外观往往和内部陈设一样漂亮,而且光是站在外面,看着会众们进进出出,在礼拜堂门前就像蜜蜂在蜂房入口一样聚集往来的情景,就已经足够有趣了。很多人戴着帽子、穿着长袍,有些人肩上披着毛皮,有些人坐着巴斯轮椅,有些人虽不到中年,却已形容枯槁,体貌走形,直让人想起水族馆里在沙地上蹒跚独步的螃蟹和龙虾。

我倚在墙边,心想,这所大学还真是个世外桃源,把各种奇人异士都网罗进来了。要是把这些人扔到斯特兰德大街①上任其自生自灭,他们肯定很快就会被淘汰掉。

我想起一些关于牧师和教员的老旧故事,据说以前的教员一听见口哨声立马就会飞跑起来,可是还没等我鼓起勇气吹声口哨,这些可敬的会众们就已经进到礼拜堂里面去了,只留下我一人继续欣赏礼拜

---

① 英国伦敦中西部的一条街,以其旅馆和剧院著称。

堂的外景。你们应该知道，礼拜堂的穹顶和尖塔在夜里会点起灯，看起来就像一艘永远都在航行，却从不曾靠岸的航船一样，几英里之外都能看得见，灯光甚至能传到远处的群山之中。

曾几何时，想必这座校园连同其中平整的草地、宏伟的建筑群乃至这座礼拜堂本身，还是一片野草丛生，猪猡还刨食于其间的沼泽地呢。我想，当年肯定是有马队或是牛群驮着一车车石料从遥远的乡间过来，经过无休无止的劳作之后，这些石块被人一块叠着一块堆砌固定了起来，这才有了我现在所在的这片阴凉地。漆匠们带着做窗户用的玻璃，泥瓦匠们带着油灰和水泥，手里拿着铲子和泥刀，前前后后在楼顶上忙活了几百年。每到星期六，必定有人从自己的皮革钱包里掏出大把金银交到这些工匠们手中，让他们拿去喝上一晚上的啤酒，纵情玩乐。

我想，一定是有源源不断的金银不断流进这座庭院里，才能让石料不停地运进来，工匠也无休止地劳作——平地、刨土、挖沟和排水。但那是信仰的年代，会有大把金银投进来让匠人把这些石料安置在深厚的地基之上，等垒完这些石头，还会有更多的资金从国王、王后和大贵族的金库里流进来，保证唱诗班能在其中唱圣诗，学者们也能在其中进修。也会有人来分配土地，征收什一税。

而当信仰时代终结，理性时代来临的时候，同样会有大把的金银流进来，用于设立研究员制度，授予讲师职位。不同于以往的是这些金银不再出自国王的金库，而来自商人和工厂主的钱柜，和那些（比如说）在实业领域发家致富之人的钱包，这些人在他们的遗嘱当中，慷慨地将自己财富的一部分捐赠给了教给他们一身本领的大学，好培养更多的教授、讲师和研究员。于是，在这个几百年前还是野草丛生、猪猡刨食于其间的地方，图书馆和实验室建起来了，天文台搭起来了，配置齐全、价格不菲的精密仪器也摆到玻璃架子上来了。

无可否认，我在校园里闲逛的时候看到，那些金银铸就的地基似乎足够深厚稳固，铺成的道路也把野草严严实实地掩盖了起来。头顶着盘子的男仆楼上楼下急匆匆地来回跑；窗前的花盆里开满了鲜艳的花朵；房间里面传出一阵阵刺耳的留声机的声音。这样的情景不得不引人沉思——可是不管什么沉思也得先放一放了，这会儿已经敲钟，午宴时间已到，我该走了。

奇怪的是，小说家们总有办法让我们以为，一场午宴之所以让人记忆犹新，一定是因为席间食客们的谈吐风趣诙谐，或是他们的举止优雅得体，但是他们对于席间的菜肴倒是从来都惜字如金。小说家习惯上都不会谈论餐桌上的汤羹、鲑鱼或者鸭货，好像汤羹、鲑鱼和鸭货等根本就无关紧要，好像从来没人在饭桌上抽过烟、喝过酒一样。

可是在这儿，我要自作主张违背一下这种惯例，跟你们讲讲我这次午宴吃的都是些什么。第一道菜是舌鳎，盛在一个深盘里，学院的厨师在上面涂了一层白奶油，又零星点缀了一些褐色的斑点，就像雌鹿身上的花斑一样。接着端上来的是山鹑肉，可要是你以为那不过是盘子里装了几只拔了毛的棕色飞禽，那你可就错了；山鹑量非常大，种类也五花八门。

随着摆上来的还有各种酱汁和沙拉，口味有甜也有辣，都是按着次序摆上桌；土豆薄得像硬币一样，但吃起来又没那么硬；还有菜心，看上去像玫瑰花蕾一样，吃起来却更加鲜嫩多汁。侍者站在一旁默不作声，他应该就是刚才那个礼官，只不过表情显得更温和了。刚把烤肉和配菜吃完，那侍者就把一份甜点连同折叠好的餐巾摆到了我面前。甜点一入口，甜腻的滋味就在我口中翻腾不止。要是把它当成布丁，和大米跟木薯粉归为一类，那简直就是对它的侮辱。品尝美味佳肴的同时，我的酒杯也倒满了泛着深红、金黄光彩的玉液琼浆。

渐渐地，脊柱中间，灵魂居留之处，有什么东西被点亮了。那不是我们所谓的才华——才华只会在我们双唇之间像刺眼的电光一样明灭不定——而是一种更深邃，更微妙，也更隐秘的光，是理性在交流和碰撞的过程中激起的深黄色火焰之光。

这时候，我们不必匆忙，不必表现，也不必做他人眼中的自己。

我们已经升入天堂，范戴克①也会同我们为伴——换个方式来讲，当你在窗边坐下，靠着坐垫点上一根好烟的时候，你会感叹生活真美好，生活的回报真甜蜜，怨愤和不满真无关紧要，友谊和同道的陪伴真让人艳羡。

要是我手边碰巧有个烟灰缸，要是我没有冒失地把烟灰抖到窗外，要是当时的情形能稍微有所不同，我大概也不至于看见这只丢了尾巴的猫了。

这只短了一截的猫突然出现在我的视线当中，悄无声息地掠过

---

① 安东尼·范戴克爵士（Sir Anthony van Dyck）（1599—1641），英国画家、绘图师、蚀刻师，是继彼得·保罗·鲁本斯（Peter Paul Rubens）之后，17世纪最杰出的弗拉芒巴洛克风格画家。

四方的庭院。我潜意识里的理智就这样不无意外地扑灭了我的情绪之光,感觉就像有人在我身上投下了一片阴影一样。或许是香醇的莱茵兰白葡萄酒劲头已经过了,我看着那只曼岛猫蹲在草地上,觉得它仿佛也在思考宇宙。

显然,眼前的情景好像缺少了什么,又好像有什么地方不一样了。可是到底缺了点儿什么,又是哪里不一样了呢?我一边听着大家的谈话,一边这样问自己。要回答这个问题,我得让自己的思想离开这间房子,回到过去,回到战前,在我眼前回想另一次午宴的情形。

当时吃饭的地方离这儿并不多远,但这两顿饭却有着天壤之别,各方面都大相径庭。同时,客人们的交谈还在继续,他们人很多,也很年轻;其中有女人,也有男人。大家聚在一起谈笑风生,交流投机且愉快,自由自在。大家继续聊着,我却把眼前的谈话背景和多年前的那次联系了起来,对比之下,我完全可以肯定,这两次的交谈是一脉相承的,就好像一场谈话是另一场谈话的后裔。前后并没有什么变化,也没有什么不同之处,只是现在的我虽然全神贯注在听,却不仅仅在听别人说些什么,而是在听这些话背后的低语或思绪的涌动。

对,没错,这就是变化所在。战前,人们在这样的午宴上谈论的话题也和今天一样,可听起来却并不一样。因为那时候人们交谈时会伴随着一种嗡嗡的声音,这种声音虽并不清晰,但却很悦耳,能让人兴奋起来,进而改变谈话本身的价值。我该怎么形容这种嗡嗡声呢?借助诗人的语言,我或许可以跟你们描述一下。我旁边有本书,我漫

不经心地翻开它,正好翻到了丁尼生[1]的一首诗,此处,他吟诵道:

> 看那门前的西番莲花,
> 一颗晶莹泪珠从上面落下。
> 我的鸽子,我亲爱的,她来了;
> 我的生命,我命中注定的人,她来了。
> 红玫瑰高声喊着说:"她近了,她近了。"
> 白玫瑰低声抽泣说:"她迟了。"
> 飞燕草仔细听着说:"我听到了,我听到了。"
> 百合花轻声说:"我会等着她。"

这就是战前午餐聚会上男人们窃窃私语的事情吗?那女人们呢?

> 我的心啊,你就像那鸟儿欢歌,
> 筑巢在水边的枝丫上;
> 我的心啊,你就像那苹果树,
> 低垂的枝条结满累累硕果;
> 我的心啊,你就像那缤纷的贝壳,
> 静谧的海滨是你嬉水的所在;
> 我心甚喜悦,远胜过这一切,

---

[1] 阿尔弗雷德·丁尼生(Alfred Tennyson)(1809—1892),阿尔德沃斯和弗雷什沃特第一代丁尼生男爵,英国诗人,被认为是维多利亚时代诗歌的主要代表。

因为我的爱人已贴近我身旁。

这就是战前女人们在午餐聚会悄声低语的话题吗？

一想到战前午宴上人们竟然会压低嗓门儿议论这种荒唐事儿，我就忍不住笑出声来，还得指着窗外那只曼岛猫，跟大家解释我为什么会笑。这丢了尾巴的可怜的小家伙，就那样站在草地中间，看上去的确有点儿滑稽。它是生来就没了尾巴，还是因为某个意外失去了尾巴呢？尽管据说曼恩岛①上有一些无尾猫，可是这种猫还是比我想象得更为少见。无尾猫是一种奇怪的动物，稀奇，但并不美丽。一条尾巴就能造成如此差别，这还真是奇怪——你们也知道，我的解释会把午宴搅黄，让客人们取衣摘帽各奔东西。

但多亏了主人的盛情款待，这次午宴一直到临近黄昏才结束。十月里和煦的一天渐渐过去了，我走在林荫大道上，看着秋叶从树上飘落于地。在我身后，一道又一道门轻轻地、严实地合上了。数不清的礼官把数不清的钥匙插进抹了油的锁孔，那些藏宝箱今天晚上又安全了。

从林荫大道出来，我走上了另一条路——路名我忘了——沿着这条路一直走，如果没拐错弯，就能走到芬汉姆学院。但是这会儿时间还早，晚饭要等到七点半才开始，况且刚从那样一场午宴里出来，我几乎都不用再吃晚饭了。说来也奇怪，我脑海中不知怎的闪过那些诗歌的片段，双腿也不知不觉随着诗的节拍在路上大步走了起来：

---

① 英国皇家自治领，位于大不列颠与爱尔兰之间的爱尔兰海。

> 看那门前的西番莲花,
>
> 一颗晶莹泪珠从上面落下。
>
> 我的鸽子,我亲爱的,她来了……

我快步向海丁利走去,这些诗句在我的血液里回响。我又转念想起另一首诗,伴随着河水拍打堤堰的声音,我吟诵起来:

> 我的心啊,你就像那鸟儿欢歌,
>
> 筑巢在水边的枝丫上;
>
> 我的心啊,你就像那苹果树……

念着念着,暮色沉沉之中,我不由得喊道,多么伟大的诗人!他们该是多么伟大的诗人啊!

我想是出于些许嫉妒,所以虽然知道这种对比又傻又荒唐,但我还是好奇地想,在我们这个年代,还能不能找出两个在世的诗人,可以实实在在地和当年的丁尼生和克里斯蒂娜·罗塞蒂[①]相媲美。

我一边看着翻腾起沫的河水一边想,这样对比下来,答案其实很明显,我们找不到这样的诗人。那首诗之所以能让我如此难以忘怀,如此欣喜若狂,就是因为其中歌颂的是我过去所熟知的情感(战前的午宴上的一些感受),所以我才会自然而然地应和它,也不必劳

[①] 克里斯蒂娜·乔治娜·罗塞蒂(Christina Georgina Rossetti)(1830—1894),英国最重要的女诗人之一,擅长幻想作品、儿童诗歌和宗教诗歌。

心费神去审视自己的内心，或是拿它和我所知的任何一首诗歌做一番比较。

可是现在的诗人所表达的，实际上是一种刻意营造出来的情感，就像把我们当时的感受生剥出来一样。从一开始我就体会不到它们的韵味，而且出于某种原因，我往往还会觉得畏惧。当我一边热切地注视着这些诗句，一边竭尽全力想把它们和过去所有的感受进行比较，心中实在不免疑惑。现代诗歌的难处就在这儿，而且正是因为这种困难，不管哪个优秀的当代诗人的作品，我连两行以上的诗句都记不住。也正是因为这个原因——就是我记性不大好——所以我脑海中找不到任何材料，说不清楚我对这件事的看法。

但是当我继续朝着海丁利走去的时候，我心里还在想，我们为什么不再在午宴上压低声音窃窃私语了呢？为什么阿尔弗雷德不再吟唱说：

>   我的鸽子，我亲爱的，她来了……

为什么克里斯蒂娜不再唱和说：

>   我心甚喜悦，远胜过这一切，
>   因为我的爱人已贴近我身旁。

这是为什么呢？我们该归咎于战争吗？1914年8月，战争打响的时候，难道男男女女的眼神都是那样呆滞，好像他们心里面的浪漫情怀都被扼杀了吗？在炮火的映照之下，我们统治者的面孔确实令人震惊（尤其在那些对教育等事物抱有幻想的女性眼中更是如此）。他们是如此的丑陋不堪，不管是德国人、英国人还是法国人，都是那么的愚不可及。可是，我尽可以随意怪罪某件事情或某个人物，但激发丁尼生和克里斯蒂娜·罗塞蒂的灵感，并让他们为爱人的到来而热情高歌的那种幻想，却已经越来越少有了。而我所能做的，只有去拜读，去瞻仰，去聆听，去追忆。

可为什么要说"怪罪"呢？既然是幻想，那我们何不歌颂灾难呢？反正不管是什么样的灾难，都能把幻想击碎，让真理彰显出来。说到真理……此处省略号的意思是我光顾着探寻真理，反而走过了头，去芬汉姆学院的话，刚才就应该拐弯了。

啊对，没错，接着我又问自己，什么是真理，什么是幻想呢？比如说这些房子，黄昏时分，屋子里灯光暗淡，红色的窗户上挂着节庆的装饰，显得喜气洋洋；可是到了早上九点钟，屋子里到处是糖果，窗前还晾着鞋带的时候，它又变得粗糙、暗红又脏兮兮的了。那么这房子的真相是什么呢？还有那些柳树、河流和沿河的花园，在薄雾笼罩之下若隐若现，在日光之下又显出金黄和鲜红。这些景象又孰真孰幻呢？

算了，不跟你们念叨我脑子里的这些弯弯绕绕了，因为去海丁利的路上，我其实什么都没想明白。我是想让你们知道，我很快就发现自己走错了，又重新折回到去芬汉姆学院的路上。

前面说过，现在正值十月份。我可不敢随意改换季节，跟你们说什么丁香花开到了院墙外，番红花、郁金香和其他春天里才有的花也盛开了之类的话;我还不想让你们把我看扁,或是让小说的声誉受到污损。小说必须忠于事实;事实越是真切,小说就越是上乘——我们常这么说。所以说,现在仍然是秋天,树叶还是黄色,还在不停地飘落。如果非要说什么不一样的地方,那就是树叶飘落得比之前快了一些,因为现在已经是晚上了(准确来说已经七点二十三分了),晚风也吹起来了(确切地说是西南风)。可是话虽如此,我还是感觉哪里怪怪的:

> 我的心啊,你就像那鸟儿欢歌,
>> 筑巢在水边的枝丫上;
> 我的心啊,你就像那苹果树,
>> 低垂的枝条结满硕果累累……

或许是克里斯蒂娜·罗塞蒂的诗句在一定程度上激起了我对春天的想象——这当然不过是一种想象罢了——让我联想到丁香花开到了院墙外,黄粉蝶到处飞来飞去,花粉飘散在空气中。一阵风吹过,至于从哪吹来的,我还真不知道;不过这风倒是拂起了树上的嫩叶,空中便闪过一片银灰色的光。现在正是灯火辉映的时候,各种颜色渐趋浓厚,或姹紫嫣红,或金光灿烂,都映照在窗玻璃上,如同一颗不安分的心在跳动。现在也正是世间之美好出于种种原因而绽放,但又转瞬即逝的时候(这时候,我看见花园的门开着,应该是有人粗心大意了,而且周围也没有看见什么礼官,所以我就直接进去了)。

世间昙花一现的美好,总有其两面性,一面叫人欢笑,一面叫人苦恼，总归是让人心如刀绞。芬汉姆的花园此时就在我眼前，在春日的暮光里，野趣盎然，一览无余。在茂盛的野草中间，黄水仙和风铃草如同浪花扑腾飞溅一般。现在这个时候它们都已经随风飘摇，欲静而不得止了，即便到了花期，我看它还是会一样杂乱无章。建筑物外墙上的红砖就像滔天巨浪，墙上的窗户就好像船上的舷窗，春日里的云彩倏忽间飘过，窗户的颜色也从柠檬色变成了灰色。有人正躺在吊床上；又有人正从草地上跑过。这种光线下看去，她就像一个幻影，一半靠猜，一半靠看，才知道她是谁。难道没人来阻止她吗？

这时候，露台那边，出现了一个佝偻的身影，天庭饱满，衣衫褴褛，看上去令人敬畏，又十分谦卑。这个人，会不会就是那个著名的学者，会不会就是哈里森她本人呢？这种感觉很朦胧，又很强烈，就像薄暮为花园披上了一条围巾，星光或利刃又将其斩得粉碎，现实的可怕之处就这样从春日的心脏之中流窜而出。年轻人——

我的汤端上来了。我们正在一间大餐厅吃晚饭。实际上，现在根本不是什么春天，而是十月的一个晚上。大家都聚集在这间大餐厅里，晚餐已经准备好了。看着桌上简薄的肉汤，我一点儿食欲都没有。这清汤寡水的，我都能看清盘底的花纹，可是盘底什么花纹也没有；都是些普通的盘子。接下来是牛肉，搭配蔬菜和土豆——这老三样，能让人想起乱哄哄的菜市场里脏兮兮的牛臀肉，叶边卷曲泛黄的菜心、讨价还价、叽叽喳喳的人群，还有大周一早上提着网兜的妇女们。可是吧，看着晚饭分量这么足，想到矿工们肯定没自己吃得丰富，我实在没什么理由抱怨这些粗茶淡饭不合胃口。

接着端上来的是梅子干和蛋奶沙司。肯定又有人会抱怨说,就算跟蛋奶沙司配在一起,梅子干也太过寒酸了(这东西就不能算是水果)。这东西吃起来就像守财奴的心脏一样,全是纤维,里面的汁液尝起来也满是守财奴骨子里的抠搜味儿;他们自己一辈子节衣缩食、滴酒不沾也就罢了,还不给穷人一点儿吃的。这样抱怨的人得想想,就算是梅子干,对有些人来说都已经算是莫大的施舍了。

接着端上来的是饼干和奶酪。饼干本来就干燥,可这些饼干更是干得彻底,所以大家不停地从水壶里倒水喝。就这样,晚饭吃完了。

大家都从座位上站了起来,把椅子放回了原处。旋转门被人大力地开来关去,不多一会儿,整个餐厅连一点食物渣儿都看不见了,没错,它已经准备好了,只等第二天早上大家来吃早饭了。穿过走廊、走上楼梯,这些英格兰的年轻姑娘们一路嬉闹,一路欢唱。作为她们的客人,一个陌生人(毕竟我在芬汉姆学院跟在三一学院①、萨默维尔学院②、格顿学院、纽纳姆学院或是基督教会学院③一样,并没有什么权利可言)难道我能说"晚饭不好吃"吗?能说"我们可以单独来这儿吃饭"吗(我和玛丽·西顿在一起,我们现在正在她

---

① 剑桥大学的一所学院,由亨利八世国王(King Henry VIII)于1546年建立。
② 牛津大学的最早成立的两所女子学院之一,成立于1879年,校友中有玛格丽特·撒切尔(Margaret Thatcher)、英迪拉·甘地(Indira Gandhi)、艾丽丝·默多克(Iris Murdoch)等国际知名人士,学院从1994年起开始招收男生。
③ 牛津大学最大的一所学院,其占地以及建筑均归学院自理,政府无权干涉。是《哈利·波特》霍格沃兹学校和饭堂的拍摄地,也是世界上唯一一所教堂式学院,教堂的建造花了八百多年时间,学院在二百多年的时间里为英国培养了13位首相。

的客厅里）?

但凡我要是说出这种话，就等于是在窥探别人家的经济状况，而在陌生人面前，这种隐秘的事情往往都会深藏在乐观与豁达的面具背后。所以说，谁都不应该揭她们这个短。事实上，我们的谈话也真的中断了一阵子。人类就是这样，心灵、身体和头脑密不可分地结合在一起，彼此联系，相互交融，永世不变。饭吃得舒心很重要，只有这样聊天才能畅快。

一个人要是连饭都吃不好，就更别指望他能想得深刻，爱得深沉，睡得香甜了。

我们胸中那盏情感之灯，不是牛肉和梅子干就能点亮的。

我们都可能升上天堂，我们也希望转角就能邂逅范戴克——这就是经历一天的辛劳之后，牛肉和梅子干能在人心里生发出来的心境，飘忽不定，又倍受约束。幸亏我这位教科学的朋友屋子里的柜子里面还存着一瓶小酒和几盏酒杯——（可惜没有舌鳎和山鹑做开胃菜）——我们才能围坐在火边，多少平复下一天下来的心灵创伤。

没过一会儿我们就畅谈起来，之前独自一个人的时候，我脑海中总会浮现出各种各样让人好奇又饶有趣味的东西，现在既然聚在一起，自然要好好地聊一聊。我们聊到有人结婚了，有人还没结；有人这么觉得，又有人那么以为；有人意想不到地发达，又有人始料未及地落魄。

话匣子一打开，我们就自然而然地聊起了人性，聊起了大千世界。可是在这样聊天的时候，我突然惭愧地意识到，自己并没有在意谈话的内容，而是任由谈话的主题随意转换。我可能一会儿聊西班牙或是葡萄牙，一会儿又聊书籍或是赛马，但不管我聊什么，我对那些东西其实都没兴趣，我感兴趣的是五百年前工匠们在高楼房顶上施工的情景，是国王和贵族投入大袋财宝盖楼的情景。这景象一直萦绕在我的脑海当中，挥之不去。

而在另一幕景象当中，我看见了瘦骨嶙峋的母牛、泥泞不堪的市场、干枯萎蔫的青菜还有老守财奴那颗干瘪枯槁的心。这两幅景象既杂乱无章又互不相关，而且还很荒谬，但它们又彼此交织碰撞着，搅得我完全没办法继续闲谈下去。为了不让我们之间的交谈受到妨害，最好的办法就是把我心里的想法说出来，运气好的话，这些想法就会像温莎城堡里死去国王的头颅一样，一打开棺材就烟消云散了。

就这样，我和西顿小姐大致聊了聊这些年来忙碌于教堂楼顶的工匠们，扛着大袋金银财宝投入这片土地的国王、王后和贵族们。还聊到当今的金融巨头们如何为这片前人为之挥金掷银的土地开支票、发债券。我说，所有这些财富现在都埋藏在那几所学院底下，但是我们现在身处的这所学院的粗糙的红砖和花园里蓬乱的荒草下面，又埋藏了些什么呢？我们吃饭用的朴实无华的瓷盘，还有（话到嘴边已经收不回来了）我们吃的牛肉、梅子干和蛋奶沙司，背后又隐藏着怎样的力量呢？

玛丽·西顿说，这个问题得从1860年说起——哦对，你已经知道事情的来龙去脉了。我觉得她应该是厌倦了，毕竟这些话她已经讲过很多次，但她还是接着跟我说，当年的校舍还是租来的，她们组建了校委会，寄出去很多封信件，起草了很多文件，召开了很多会议，也读了很多来信；某某人承诺了某某事，可到头来那个什么某某先生却一分钱也不肯给。《星期六评论》还出言挑衅:我们上哪儿筹钱租办公室呢?要不搞一场义卖看看?我们就不能找个漂亮小妞儿来撑撑场面吗?不如我们听听约翰·斯图亚特·密尔①先生对这事儿怎么看吧。有人能说服某某报纸的编辑帮忙登载一封信吗?能不能请某某女士来签个名啊?某某女士不在城内吧?

六十年前的事情,大致就是这样,大家经过不懈的努力和漫长的斗争,克服了极大的困难,最后才凑够三万英镑②。所以我们自然没钱买酒、买山鹑,也请不起侍者头顶餐盘给大家服务。我们也买不起沙发,租不起单间的房子。最后她引用某本书上的话说:"想追求舒适的话,还是先等一等吧。"③

这些女人们就算年复一年辛苦工作也很难挣到两千英镑,可她们却尽己所能地募集到了三万英镑;想到这里,我们不由得奚落起女性群体的贫穷景况来,觉得那是理应被人指责的事情。我们的母亲们当时都做了些什么呢?为什么没有给我们留下一点财富呢?是忙着涂脂抹粉呢,还是忙着流连于商店橱窗呢?

---

① 约翰·斯图亚特·密尔(1806—1873),英国哲学家,政治经济学家,公务员,古典自由主义历史上最具影响力的思想家之一,对社会理论、政治理论和政治经济学有广泛的贡献,被称为"19世纪最具影响力的英语哲学家"。
② "我们得知需要筹集至少三万英镑……这个数目并不算大,因为整个大不列颠、爱尔兰和诸殖民地只有这么一所女校;因为对男校来讲,募集大笔资金这种事情简直易如反掌。可是一想到究竟能有几个人真的乐意让女性接受教育,这笔钱就真的是天文数字了。"——史蒂芬夫人(Lady Stephen),《艾米莉·戴维斯与格顿学院》(*Emily Davies and Girton College*)(1927)。
③ "能凑来的钱都得用来盖房子,想追求舒适的话,还是先等一等吧。"作者R. 斯特雷奇(R Strachey),《事业》(*The Cause*)(1928)。

壁炉架子上有几张照片，玛丽的母亲——如果照片里是她的话——平日里应该是一个挥霍无度的人（她为教会牧师生了十三个孩子），可真是这样地话，她享乐无度的生活应该会在她的脸上留下更多欢喜快乐的痕迹才对。可事实却并非如此，她就是一个寻常的老太太，身上披着一件格子呢上衣，衣服上系着一个雕花大胸针，坐在柳条椅上，逗弄着一只西班牙猎犬，想让它看镜头。她脸上带着喜悦的、又有点不自然的表情，因为她知道，按下快门的那一刻，那条狗肯定会乱动。

要是她当年做点生意，当个工厂主生产人造丝，或是做个叱咤股票交易市场的金融巨头；要是她能给芬汉姆学院捐个两三万英镑，那我们今天晚上该多么安舒啊，我们的讨论内容也会是考古学、植物学、人类学、物理学、原子的性质、数学、天文学、相对论和地理学这种话题。

要是西顿太太和她的母亲还有她母亲的母亲都能学会赚钱这门伟大的艺术，并且能像她们的父亲和祖父们那样把自己的财富留存下来，专门用来培养女研究员和女讲师，专门为女性设立奖学金和奖金，那该多好啊。那样的话，我们就可以在这儿独享珍禽和美酒，就多少可以自信地追求愉快而体面的一生，就可以找一份报酬优厚的工作一直做下去，也可以去探索，可以去写作了。我们可以畅游名胜古迹，可以坐在帕台农神庙①的台阶上沉思，也可以上午十点去趟办

---

① 古希腊雅典的一座供奉其守护神雅典娜的神庙，是古希腊、雅典民主和西方文明经久不衰的象征，也是世界上最伟大的文化遗迹之一。

公室，然后下午四点半舒舒服服地回家再写首小诗。只要西顿太太这类人能在十五岁的时候就投身实业，那么——啊，问题的症结就在这儿——那么，就不会有玛丽这个人了。

我问玛丽，她对这件事怎么看。透过窗帘，我们可以看见十月的夜晚，几颗星星在泛着黄光的树梢上眨着眼，一切都是那样恬静而美好。某某人只要大笔一挥，芬汉姆学院就能得到一笔五万英镑的资金，玛丽愿意为此而放弃置身于这美妙的夜晚，舍弃她那些美好的回忆吗（她们家虽然有一大家子人，但日子还是很幸福的）？苏格兰可是她成长的地方，她在那儿游戏过、嬉闹过，那里有她从来赞不绝口的清新空气和美味的蛋糕，这些她都愿意舍弃吗？因为，要想给学校捐钱的话，就没法养活一大家子了。

既要赚大钱，又要生养十三个儿女，这种事情没有人能办得到。

我们的意思是要考虑现实状况。

首先来说，生孩子要怀孕九个月。其次，孩子生下来以后，还得有三四个月的哺乳期。哺乳期完了以后，还得再花五年时间来陪孩子玩耍；你总不能让孩子在大街上乱跑吧。那些见过俄国小孩子在外面疯跑的人都说，那种景象一点也不好。人们还说，小孩子品性就是在一岁到五岁之间这个阶段养成的。我问她，如果西顿太太一直忙着挣钱，你记忆中的游戏和嬉闹会变成什么样子呢？你会对苏格兰有什么了解吗？会怎么看待那里清新的空气、美味的蛋糕和其他的一切呢？但是这种问题问了也没什么意义，因为真是那样的话，玛丽根本就不可能存在。另外，如果西顿太太和她的母亲和她母亲的母亲积攒了大笔的财富，全部用来建学院和图书馆会怎样，这问题同样毫无意义。

因为首先，她们根本不可能赚得到钱。其次，就算她们能赚到钱，法律也剥夺了她们拥有这笔钱的权利。

西顿太太要想拥有属于自己的钱，必须得从四十八年前开始挣钱才行。在那之前，千百年的岁月里，女人的钱都归其丈夫所有。可能也正是因为这样，西顿太太、她的母亲和她母亲的母亲才没有踏足过证券交易所。她们可能会想，我自己挣的每一分钱都会被丈夫拿走，凭他的意愿来处置，他们可能会用我的钱为贝列尔学院①或者国王学院设立奖学金或培养研究员，所以即便我有赚钱的本事，我也没有兴趣，还是让我丈夫去赚吧。

无论如何，不管该不该怪罪这位逗弄猎犬的老太太，我们都能肯定：出于这样或那样的原因，我们母亲一辈已经把自己的生活彻底搞砸了。她们没有留下一分钱，让我们可以"追求舒适"，享用山鹑或美酒，雇用仆役和维护草坪，买书和雪茄，或进出图书馆、享受闲暇时光。平地筑高墙，这已经是她们最大的本事了。

我们站在窗边交谈着，就像成千上万的人每天晚上那样，俯瞰着脚下这座举世闻名的城市里那些穹顶和塔楼。在秋日的月光下，这座城市显得非常美丽，又非常神秘。古旧的石墙洁白而庄严。我想起了石墙背后陈列着的万千藏书；想起了悬挂在雕花房间里的老主教和名人们的画像；想起了会在路面上投下满月或心形奇异图案的彩窗；想起了那些石板、纪念碑和碑上的铭文；想起了喷泉和草地；想起了能

---

① 牛津大学最古老的学院之一，由约翰一世·德·贝列尔（John I de Balliol）于1263年左右建立。

看见校园景致的安静的房间。我还想到了（原谅我这种胡思乱想吧）醇厚的雪茄和美酒，还有深深的扶手椅和柔软的地毯；想到了那种由奢华、私密和空间感而生出的雅致、温暖和尊贵。

我们的母亲确实没有给我们留下能与这一切相媲美的东西，我们的母亲已经竭尽全力凑够了三万英镑，已经为圣安德鲁斯①的牧师生养了十三个儿女。

当下，我起身返回旅馆。穿过黢黑的街道时，我心里不住地想这想那；一天的工作结束以后，我总是这样思绪重重。我琢磨着，为什么西顿太太没能给我们留下一笔钱，贫穷对人的头脑有什么影响，财富对人的头脑又有什么影响。我又想起早上看见的那些肩上披着毛皮、形容枯槁、体貌走形的老绅士们；还记得要是有人吹口哨，他们就会飞奔起来；还有教堂里面管风琴的轰鸣和图书馆紧闭的大门。

我想起自己被拒之门外的时候心里的憋闷，然后转念一想，说不定被关在里面更让人难受呢。我还想到男性所享有的平安和富裕，女性所承受的贫穷和动荡，传统的作用以及传统的缺失对作家思想的影响。

最后，我想到，是时候整理一下一天的思绪了，论辩也好、印象也好、愤怒也好、欢笑也好，都把它收拾起来，扔到某个角落里就好。万千繁星在褐蓝色的夜空中盈盈闪耀，面对这个神秘莫测的世界，我一个人显得十分孤独。所有人都睡下了，有的人趴着，有的人

---

① 苏格兰的一座城市，以顶尖的高尔夫球场而闻名于世。

躺着,都悄无声息地睡着了。牛桥的街道上已经空无一人,连旅馆的门也敞开着,好像被一双看不见的手推开了一样。没有杂役等着为我点灯,送我回房休息。实在是太晚了。

第二章

请你们跟我来，我们现在换个地方。还是落叶纷飞的季节，不过我们这次是在伦敦，不是在牛桥了。我还要请你们想象一个房间，这房间和成千上万的房间一样，有一扇窗户，透过窗可以看见路上行人的帽子、货车和汽车，以及对面的窗户；房间里的桌子上放着一张白纸，上面只写了"女性和小说"几个大字。不幸的是，在牛桥吃完了午餐和晚餐，我最后还是免不了要去一趟大英博物馆才行。我得从自己的想法当中滤除个人的、偶然的杂质，才能从中提炼出真理的精华来。上次牛桥之行，加上当时吃的两顿饭，令我心中疑窦丛生。男人为什么喝酒，而女人却喝水？他们为什么那么富裕成功，她们却如此贫穷可怜？贫困会对小说产生什么影响？创造艺术品的必要条件又是什么？千百个问题就这样一下子从我脑子里涌了上来。

可我需要的是答案，而不是问题；要想得到答案，就只有请教那些学识渊博的人和那些一视同仁的人了，他们不屑于逞口舌之能，也不囿于肉体之困，把自己研究和思考成果都写进了书里，并存进了大英博物馆中。手里拿着笔记本和铅笔，我自问道：

要是连大英博物馆的藏书架上都找不到真理，那真理还能在哪里？

这样想着，我就自信满满、求知若渴地出发，去求索真理去了。

那天虽然没下雨，但天气却非常阴郁。博物馆附近的街道上到处都是敞着口的煤窑子，里头倒满了一袋又一袋的煤块。从四轮马车上搬下来许多用绳子捆扎着的箱子摆在路面上，箱子里面装的大概是某个瑞士或意大利家庭的全部家当；这些人赶着在冬天到布卢姆斯伯里找个公寓住下，为的是淘金、避难或是追求点儿别的什么东西。小贩们和往常一样，推着装有绿植的小车，扯着沙哑的嗓子，在街上叫卖。有人大呼小叫，也有人引吭高歌。伦敦就像一座工厂，又像是一台机器，我们都像织布的梭子一般忙前忙后，为这座城市的底布织出些图案来。

大英博物馆就是这座城市大工厂的又一个车间。旋转门打开了，我就站在那儿，站在那个光秃秃的大脑门似的巨大圆顶底下，感觉自己就像是这个脑袋里一道一闪而过的思想之光，湮没在了一连串思想巨擘的耀眼光辉之中。

我走到了借阅台，拿起一张借阅卡，翻开一卷图书目录，又……我在这儿标了五个点，每一个点都分别代表了五分钟的惊愕、诧异和困惑。你们知道在一年的时间里能写出多少本有关女性的书吗？你们知道这些书中有多少是由男性写出来的吗？你们想过自己可能是全天下最遭人说三道四的动物吗？我本来带着纸笔，以为在这儿读一上午的书，应该就可以在笔记本上记下我想要的答案了。可我发现，我得化身成一大群大象或是一大群蜘蛛，就是那种寿命最长、眼力最好的动物，才能消化得了这么多的书；我得装备上铁爪铜喙，才勉强击碎这么多扞格不入的书籍外壳。

我怎么可能找得到埋没在这如烟似海的书页中的真理呢？我一边这样问自己，一边绝望地来回扫视那一长串的书名。可就连这些书名我都觉得不可思议。医生和生物学家可能对性与性的本质相当感兴趣，但是让人惊讶和难解的是，性——换言之，也就是女人——还吸引了那些讨喜的散文家、灵巧的小说家、年轻的硕士、不学无术的白丁和那些除了不是女人之外就再无长处的男人们。

乍一看，这些书有的既浅薄又可笑，但另一方面来讲，其中也有很多富于严肃性和预见性的好书，寓意深厚，激励人心。光读读书名，我就能想象到数不清的教师和牧师们一边在讲台或讲坛上踱着方步，一边口若悬河、滔滔不绝地对这个主题大放厥词，花费的时间也远远超过了实际的需要。

这是一个非常稀奇的现象，而且，很显然——我翻到了字母M那一栏，里面只有男性作者——这倒使我觉得松了一口气；我要是先把所有男人写女人的书读完，再把所有女人写男人的书读完，然后再动笔，那时候就算百年一开的龙舌兰，也得花开二度了。所以，我随意选了大概十几本书，把书名写在借阅卡上，再把借阅卡放到金属托盘里，然后就和其他探求纯粹真理的人们一道，坐等人将书送过来。

那么，两性之间这种古怪的差异，究竟是出于什么原因呢？我一边琢磨，一边在英国纳税人提供的、另有他用的纸片上随意画着圆。为什么从图书目录上来看，男人对女人的兴趣会比女人对男人的兴趣要大得多呢？这实在让人匪夷所思。我心不在焉地想象着那些耗费时间写书来讨论女性的男人们过的是什么样的生活，他们年老还是年轻？已婚还是未婚？红鼻子还是驼背？不管怎么说，能成为别人如此关注的对象多少还是让我觉得有些得意，只要关注自己的人不全是残障和孱弱之辈就好。

我耽溺于这种可笑的想法当中，直到一大摞书被人摔到了我面前的书桌上。得，这下麻烦了。不用说，牛桥大学训练出来的学生肯定有什么研究的办法，能像牧羊人把绵羊赶进羊圈一样，准确地把握自己的问题，排除各种干扰，直接找到答案。

比如坐在我旁边这个正刻苦抄写科学手册的学生，我敢说，他每过十分钟左右，就能从真理的宝矿中掘出一些真金来。他心满意足的小声哼哼完全透露出了他的心情。

可是我就没有那么幸运了，我从没有接受过大学教育，完全把握不了自己的问题，反而任由它像受惊的羊群一样，被一群猎狗追得四散奔逃，到处乱窜，狼狈不堪。教授、老师、社会学家、牧师、小说家、散文家、记者，还有那些除了不是女人之外，没有任何长处的男人们，这一大帮人蜂拥而上，对我的简单问题一顿穷追猛打。

我不过是想知道，为什么有些女人那么贫穷可怜；就这么一个非常简单的问题，他们硬是要把它拆成五十个问题，又把这五十个问题逼到发狂跳河，被大浪拍得不知所踪。笔记本上每一页都是我草草写下的笔记，为了让你们看看我当时的心态，我给你们读读我记下来的一些东西。头一页上只有"女性与贫困"这几个大字，可接下来的内容却是如此：

> 中世纪女性的处境
> 斐济群岛女性的习俗
> 受女性崇拜的女神
> 女性道德观更为薄弱，女性的理想主义

女性更具责任心

南太平洋诸岛岛民，女性青春期

女性的魅力

女性被献为祭物

女性大脑体积小

女性的潜意识更为深奥

女性体毛较少

女性在心智、道德和体能上更为逊色

女性对儿女的关爱

女性更长寿

女性的肌肉欠发达

女性的情感力量

女性的虚荣心

女性高等教育

莎士比亚[1]论女性

伯肯赫德伯爵[2]论女性

英奇牧师[3]论女性

---

[1] 威廉·莎士比亚（William Shakespeare）（1564—1616），英国诗人、剧作家、演员，常被称为英国民族诗人，有史以来最伟大的剧作家。

[2] 弗雷德里克·埃德温·史密斯（Frederick Edwin Smith）（1872—1930），第一任伯肯赫德伯爵，英国政治家、律师、著名演说家，曾任英国上议院大法官。

[3] 威廉·拉尔夫·英奇（William Ralph Inge）（1860—1954），高级维多利亚勋爵士，不列颠学会会员，英国作家，英国圣公会牧师，剑桥神学院教授，圣保罗大教堂主任牧师，曾三次获诺贝尔文学奖提名。

拉布吕耶尔①论女性

约翰逊博士②论女性

奥斯卡·布朗宁先生③论女性

……

记到这儿时,我忍不住深吸了一口气,然后在页边空白的地方加了一句:为什么塞缪尔·巴特勒④说"明智的男人从来不谈自己对女人的看法"呢?这明摆着,明智的男人们除了这个就没得谈了好吗。可是,我直起身子靠在椅子上,看着博物馆的巨大穹顶,(坐在这个穹顶底下,我本来简单的想法,这时候也变得千头万绪了。)继续想着,可惜,明智的男人们对女人的看法从来都不一致。蒲伯⑤说:

女人大多毫无个性可言。

---

① 让·德·拉布吕耶尔(Jean de La Bruyère)(1645—1696),法国哲学家,道德家,以善讽刺而闻名。

② 塞缪尔·约翰逊(Samuel Johnson)(1709—1784),英国评论家、传记作者、散文家、诗人、词典编纂家。被誉为18世纪最伟大的人物之一,对英国文学产生了深远的影响。

③ 奥斯卡·布朗宁(1837—1923),曾获大英帝国勋章,英国教育家、历史学家。维多利亚时代晚期和爱德华七世时期剑桥大学的著名人物,早期教师职业培训发展的改革者,曾任剑桥大学日间培训学院院长,还是一位多产的通俗历史作家。

④ 塞缪尔·巴特勒(Samuel Butler)(1835—1902),英国小说家、散文家、评论家。

⑤ 亚历山大·蒲伯(Alexander Pope)(1688—1744),英国诗人、讽刺作家,最善于运用警句的英国作家之一。

而拉布吕耶尔又说：

> 女人都很极端；她们要么比男人更好，要么比男人更坏①。

同一时代的这两位具有敏锐洞察力的人物，得出的结论却大相径庭。女人能接受教育吗？拿破仑②认为她们不能，约翰逊博士却说她们能③。女人有没有灵魂呢？有些野蛮之徒说女人没有灵魂，有些人则恰恰相反，固执地认为女人是半神，并且因此崇拜她们④。有些圣人认为女人的思想比较肤浅；而有些又说，女人的知觉要更深刻。歌德⑤尊敬女人；墨索里尼⑥又鄙视她们。不管翻开哪本书，男人都在琢磨女人，

---

① 原文为法文。
② 拿破仑·波拿巴（Napoleon Bonaparte）（1769—1821），法国将军，第一执政，法兰西第一帝国皇帝，西方历史上最著名的人物之一。
③ "男人很清楚，女人比他们更胜一筹，所以他们选择了那些最软弱或最无知的女人。如果他们没有这种想法，他们就绝不至于害怕女人知道的和他们一样多"……出于两性公平的考虑，我认为应该坦率地承认，在随后的谈话当中，他告诉我，他说的话都是发自内心的。——鲍斯韦尔（Boswell），《赫布里底群岛旅行日记》（The Journal of a Tour to the Hebrides）（1773）。——作者注
④ 古日耳曼人相信女人身上有某种神圣的东西，并因此将她们奉为神谕。——弗雷泽（Frazer），《金枝集》（The Golden Bough）（1913）。
⑤ 约翰·沃尔夫冈·冯·歌德（Johann Wolfgang von Goethe）（1749—1832），德国诗人、剧作家、小说家、科学家、政治家、戏剧导演、评论家、业余艺术家。被认为是当代德国最伟大的文学人物。
⑥ 贝尼托·阿米尔卡·安德里亚·墨索里尼（Benito Amilcare Andrea Mussolini）（1883—1945），意大利独裁者和法西斯主义创始人，影响了阿道夫·希特勒（Adolf Hitler）、弗朗西斯科·佛朗哥（Francisco Franco）和安东尼奥·德奥利韦拉·萨拉查（Antonio de Oliveira Salazar）等极右翼极权统治者。

且琢磨出来的东西还都不一样。最后我断定，自己根本没法儿从这堆书里找出什么有价值的东西来。

我羡慕不已地看了一眼我隔壁的读者，人家的摘录做得条分缕析，还不时地用序号来标明要点，可我自己的笔记本上却充斥着跟鬼画符一样潦草不堪、自相矛盾的无稽之谈。这简直让人如坐针毡，简直叫人觉得丢人现眼、无地自容。真理的精华全从我指缝里溜走，一滴都没剩了。

我琢磨着，可不能就这么跑回家去。女人体毛比男人少也好，南太平洋诸岛女岛民九岁——还是九十岁来着，慌乱之中记下来的东西连我自己也辨不清楚了——进入青春期也罢，都不是什么正经八百的东西，无助于"女性和小说"的研究。忙活了一个大早上，我要是连比这些更像样一点儿的、更有分量的东西都拿不出手，那实在是太丢人了。而且，我要是连过去W（为了行文简洁，我暂且先这么称呼女性）的真相都难以把握，那我何必还操心W的未来呢？看来，向这帮先生们请教，纯粹是浪费时间，纵使他们为数众多又学富五车，纵使他们专门研究过女性以及女性对政治、儿童、工资、道德等随便哪个领域的影响，也还是一样没用，我还不如不拜读他们的大作呢。

不过，就在我绝望而倦怠地思考的时候，不知不觉间，我竟在纸上作起画来了。我本应该像我的邻座那样，在纸上做一下总结，可我却画了一张人脸，一个人物。我画的是冯·X教授正伏案埋首，创作他那部鸿篇巨著——《论女性心智、道德与体格之低劣》时的情景。我画里的教授无法激起女人的兴趣。他身宽体胖，下颌宽大，为平衡起见，所以眼睛很小，脸还涨得通红。从他脸上的表情可以看出，他是受了某种情绪的驱使,才奋笔疾书,下笔时有如出刀,在纸上猛戳,好似要戳死什么毒虫一样。可就算戳死了毒虫,也不能满足,他还要继续戳。而且就算他再怎么戳,心里那股无名火也无法平息。

我看着自己的画,心想,他这副德性该不会是因为他的妻子吧?她该不会是爱上了哪个骑兵军官吧?那个军官该不会身材颀长、举止优雅,身上还穿着羔羊皮外套吧?教授该不会像弗洛伊德①的理论说的那样,小时候被哪个漂亮姑娘取笑过吧?我觉得吧,就算是小时候,教授也不可能招人喜欢。不管什么原因,反正我画的这个教授在大书特书女性低劣的心智、道德和体格的时候,看着就是一副七窍生烟、獐头鼠目的德性。

耗费了一早上却劳而无功,我只好这样漫无目的地画画儿打发时间了。但往往就是在我们无所事事的时候,或在我们白日做梦的时候,潜藏的真理才会时不时地浮出水面来。我看着自己的笔记本,运用了最基本的心理学方法——就不要用精神分析这种名头去美化它了——我能看得出来,这幅愤怒的教授的素描画,是我在满腔怒火之下画出来的。在我胡思乱想的时候,愤怒乘机偷走了我的画笔。可是,这种愤怒又是从哪里冒出来的呢?兴致勃勃、莫名其妙、喜出望外、兴味索然——所有的这些情绪,我都能回忆起来,我也知道自己一上午的时间里为什么会像走马灯似的产生这些情绪。可要说我愤愤不平,难不成这种阴暗的情绪当时也曾潜伏于我内心吗?

---

① 西格蒙德·弗洛伊德(Sigmund Freud)(1856—1939),奥地利精神病医师、心理学家,精神分析学创始人。

这幅素描告诉我,事实确实如此;它明确地告诉我,就是那一本书,就是那一句话,就是那个教授说的,女人的心智、道德和体格比男人更低劣,这句话触动了我的逆鳞。我怒气填胸;我脸颊发烫;我脸红心跳。不管我这种反应有多蠢,这都不是什么稀奇事。看着我旁边这个学生,脖子上套着个打好结的领带,呼哧带喘的,俩礼拜没剃过胡子,我心想,我可不愿意别人说我比这个小个子还低上一等。谁还没有点儿傻傻的虚荣心了?我看啊,这不过是人性使然罢了。这么想着,我开始在那个七窍生烟的教授脸上画起了车轮和圆圈来,画到最后,他看起来就像是一团燃烧的树丛,或是一颗火红的彗星——反正没有人形,像个怪物一样。现在,这个教授不过就是汉普斯特荒野①上烧着的柴火棒子罢了。

很快,我的愤怒化解、平息了。但我还是觉得很好奇,那些教授们的愤怒该怎么解释呢?他们为什么会恼火呢?要说他们这些作品给我留下了什么印象,那就是我觉得其中一直蕴含着某种强烈的感情。而这种强烈的情感形式多样,可以表现为讽刺、感伤、猎奇和斥责,等等。然而,这些人的作品中往往还蕴含着另外一种不易察觉和辨明的情感,我称其为"愤怒"。这种愤怒像暗流涌动一般,把自己和其他各种情绪交融在一起。从它产生的种种匪夷所思的效果来看,这种愤怒深藏不露且错综复杂,并非显而易见、不言而喻。

看着桌上的一摞书,我觉得,不管怎么说,这些书对我的研究

---

① 一个满是森林和草地的野生公园,隐藏在伦敦北部的第二区,离伦敦市中心不到4英里。

来讲，都已经是一堆废纸了。这些书一点学问上的用处也没有，我是说，虽然在人力所能及的范围内，这些书已经极尽人生智慧、奇闻趣谈和了无生趣，也介绍过斐济群岛上的奇风异俗，但它们被写出来，不是为探求真理，只是为了宣泄情感，所以我必须得把它们退还给大厅中央的服务台，让它们回到自己在这座大蜂巢的原位。

那天我忙活了一上午，就弄明白了一件事情，那就是愤怒；这帮教授们——他们在我这儿统称为教授——很愤怒。可是为什么呢？把书还回去以后，我这样问自己；站在柱廊底下、在成群的鸽子和史前的独木舟中间，我又问自己，为什么呢？为什么他们愤愤不平呢？

我一边苦思冥想，一边在街上溜达，想找个地方吃午饭。我想知道，我暂且称作"愤怒"的这种情绪，其本质究竟如何？这成了一道挥之不去的难题，在大英博物馆附近的某个小餐馆点餐期间，我脑子里一直在思考这个不解之谜。我看见先前吃饭的人在椅子上落了一份午间版晚报，而饭菜又还没有上桌，所以我就懒洋洋地读起报纸的标题来。一串大字赫然占据了整个版面，说某人在南非赚得盆满钵满。稍小一些的标题又报道说，奥斯汀·张伯伦爵士[①]现在正在日内瓦；地下室惊现带人类毛发的切肉刀；法官先生在离婚法庭上批判了女性的寡廉鲜耻。

报纸上还穿插着其他新闻，比如某个电影女演员被人从加利福尼亚的山顶上吊了起来，悬在半空；这两天会起雾。哪怕是一个天外来

[①] 约瑟夫·奥斯汀·张伯伦爵士（Sir Joseph Austen Chamberlain）（1863—1937），英国政治家，曾任财政大臣和外交大臣。

客在这儿稍作停留，拾起这份报纸略微一读，也能从这些片言只语中了解到，英国社会是男性统治之下的社会。任何一个正常人都不可能察觉不到教授的统治地位。教授就是权力，就是财富，也就是势力。他掌管着报纸，也掌握着报社的主编和副主编；外交部部长是他，法官也是他；他是板球队员，赛马和游艇也都归他所有；他是公司的董事，给他的股东付百分之二百的股息；他管理着自己的慈善机构和大学，给这些机构捐数以百万计款项；是他把女演员挂到半空，是他决定切肉刀上带的是不是人类的毛发，也是他断定杀人犯是有罪还是无罪，是该当众绞死还是放虎归山。除了不能翻云覆雨，这一切都在他的掌握之中，就算是这样，他还是怒火中烧。

我这么说可不是空穴来风。当读到他对女性的看法时，我想的不是他都说了些什么，而是他这个人怎么样。论辩的人在说理的时候，如果能不动声色，说明他考虑的只是他自己的道理，读的人也就必然会关注他的道理。他要是能心平气和地写一写女性，要是能用一些无可辩驳的铁证来支撑他的观点，要是能让人看到他并没有刻意强调某一方面，又刻意掩盖另一方面，那我也就不会生气了。我也就认了，谁让豌豆是绿的、金丝雀是黄的呢。我也就会说，爱说什么就说吧，不管了。可当时我却生气了，因为是他生气在先。可是，我一边翻着晚报一边想，一个集如此权力于一身的男人居然还会发怒，这未免也太过荒唐了。

我又想，莫非愤怒就是这样，总是与权力如影随形？这就好比那些富人们，他们就经常气愤不已，因为他们总是怀疑穷人想要攫取他们的财富。那些教授们，或者更准确地说，那些男性家长们，他们之所以恼火，这是一部分原因，但也有一部分深层次的原因，不是那么明显。可能他们根本就不是"愤怒"，私底下往往还会对女性表示仰慕和热诚，表现堪称楷模。可能那位教授在过分强调女人的低劣时，在意的就不是她们如何低劣，而是他自己多么优越。这才是他极力维护和过分看重的东西，因为这对他来讲，才是稀世的珍宝。

看着街上摩肩接踵的行人，我心想，不论男女，生活都一样艰辛且不易，都充满了无休止的斗争。对我们这种浮萍朝露一般的世人来说，要活下去就得有无边的勇气和力量。还有，大概最重要的就是要对自己有信心；若是没有信心，人就像摇篮里的婴儿。那我们又该如何以最快的速度，造就出这样一种价值无法估量的宝贵品质呢？自然是通过设想自己比别人高出一等，或者凭感觉认为自己天生比别人优越。这种优越可以是财富或地位，挺拔的鼻梁，或是罗姆尼①为祖父所作的肖像——人类可悲的想象力是无穷无尽的。因此，对一个必须征服，必须统治的大家长而言，这世界上有一半的人天生就比自己低贱，便是一件极其重要的事情了。这绝对是他力量的主要来源之一。不过我想，我还是把这种认识结合到现实生活中来吧。它能解答我日常生活中心理上的困惑吗？它能解释我对Z先生的言论所感到的诧异吗？Z先生为人最是仁慈而谦逊，那天，他拿起丽贝卡·韦斯特②的一本书读了起来。读到其中一段话时，他大声说："这个彻头彻尾的女

---

① 乔治·罗姆尼（George Romney）（1734—1802），18世纪末英国最受欢迎的肖像画家。
② 丽贝卡·韦斯特（1892—1983），二等高级英帝国女勋爵士，英国记者、小说家、评论家，曾对纽伦堡纳粹战犯审判进行报道。

权毒瘤,她竟然说男人都是势利小人!"

他这一声叫喊让我觉得很意外,韦斯特小姐不过说了些关于男性的可能正确但不太客气的话,她怎么就成了彻头彻尾的女权毒瘤了呢?他这一声叫喊,不只是因为虚荣心受到了挫败,更是为了抗议别人侵犯了他对自己权力的迷恋。千百年来,女性一直充当着镜子的角色,她们拥有一种神奇而美妙的力量,可以成倍地放大男人的形象。如果没有这股力量,地球恐怕到现在都还是沼泽丛林密布,我们全部战争的荣耀也将无人知晓。

我们恐怕还在羊骨残骸上描画鹿的轮廓,还在拿燧石交换羊皮或其他任何体现我们古老而质朴的品位的简单装饰品。超人和命运之手也不会存在。沙皇和德皇也不可能经历王权的得失与更迭。不论其在文明社会中有着怎样的用途,一切暴力的和英雄的行为都离不开女人这面魔镜。所以拿破仑和墨索里尼才会那么卖力地强调女人比男人低劣,女人要是不比他们低一等,他们也就无从膨胀了。这在一定程度上解释了男人为什么总是那么需要女人,也说明了男人受到女人批评时,会多么焦躁不安。女人也根本不可能对男人说"这本书不好看""那幅画不好看"之类的话,因为这种话会让男人感到极度痛苦,并激起他极大的愤怒,远比其他男人同样的批评带来的伤害要大得多。

因为女人只要一说实话,男人在镜子中的伟岸形象就会大打折扣,他掌控生活的能力也会被削弱。要是在早餐和晚餐时看不到自己至少膨胀了一倍的形象,那他还怎么继续施行审判,教化民众,制定法律,著书立说,穿衣打扮,或在宴会上夸夸其谈呢?我一边这么思索着，一边弄碎面包，调好咖啡，还时不时地看一眼街上的行人。镜子里的幻象举足轻重，因为它赋予男人以生命力，刺激了男人的神经系统；没有这幻象，男人可能就会像没了可卡因的瘾君子一样丧命了。我看着窗外，心想，这街上的人竟然有一半都在这幻象的魔咒蛊惑之下大步流星赶着去上班。他们每天早上就是在镜中幻象的映衬下穿衣戴帽的。

他们信心满满、精神抖擞地开始了新的一天，以为自己会在史密斯小姐的茶会上大受欢迎。进到房间的时候，他们还要对自己说，我比这里一半的人都要优越。他们说话的时候就是这样，带着十足的自信和十足的肯定，在社会生活中造成了如此深远的影响，也在我头脑的空白处留下了如此稀奇古怪的注脚。

异性心理的话题危险而又迷人，不过，我对这个问题的思考——我希望等你们每年也能收入五百英镑的时候，也去对这个问题研究一番——现在被打断了，我得买单了。一共是五先令九便士。我给了服务员一张十先令的纸币，他给我找零去了。我包里还有一张十先令的纸币，我注意到了，这让我到现在还激动不已——我的钱包竟然还会自动生钱了；我把钱包打开，钱就生出来了。这个社会给了我鸡肉吃，给了我咖啡喝，给了我床睡觉，也给了我地方住，以换取我姑姑给我留下的一定数量的钞票；我能得到这些钱，无非是因为我和我姑姑是一个家族的人。

我得跟你们说一下，我姑姑玛丽·贝东是从马上坠落摔死的。她当时在孟买，想骑着马到外面去透透气。大概在赋予妇女选举权的法案通过的同一天晚上，我收到了遗产继承的消息。我的信箱收到了一封律师函，我打开一看，发现她每年给我留了五百英镑的财产，终身有效。选举权和钱，二者相形之下，属于我的这份钱财无疑要重要得多。在这之前，我一直靠报纸上找的零工过活，有时候跑这儿来报道驴子表演比赛，有时候又跑那儿去报道婚庆典礼；我还帮人写过信，给老太太读过书报，扎过假花，给幼儿园的小孩教过识字课，靠这些零活儿赚几个小钱。1918年以前，女人能从事的工作主要就是这些。我觉得没必要在这里强调这些工作有多艰辛，你们大概也认识做这类工作的女人，我也没必要跟你们强调挣钱过活有多艰难，你们可能也曾尝试过。但比这两样更糟糕的是那段日子在我心里滋生的恐惧和心酸，它毒害着我的内心，至今仍令我痛苦不堪。

一方面，我做的都是自己不愿意做的工作，还得像个奴才一样阿谀奉承，虽说并不是总得这样，可不这样做代价又太高，我不敢轻易冒这个险。再者，我想到自己那一点写作才能，虽然微不足道，但对我来讲却是和隋之珍，要是就这样被埋没了，那我的身体，我的灵魂，我所有的一切都会像春日的繁花被侵蚀，绿树的核心被蚕食一样，变得锈迹斑斑。不过，就像我说的，我姑姑去世了，我每换开一张十先令纸币，这斑斑锈迹就会褪掉一点，恐惧和心酸也会减轻一些。我把服务员找给我的银币放进包里，回想起过去那段艰苦的岁月，心想，一份稳定的收入竟然能让人的脾气秉性发生如此巨大的变化。

这个世界上没有任何人可以夺走我的五百英镑，我永远都不会再为食物、衣物和住处发愁了。因此，不单劳苦和艰难止息了，连仇恨和苦毒也平息了。我不需要憎恨任何男人，他们伤不了我；我也不需要讨好任何男人,他们什么也给不了我。我发现自己不经意间对世界上另外一半人类产生了新的观感。笼统地批判任何一个阶层或性别都是十分荒唐的,伟大的群体从来不会为自己的行为负责。他们受本能的驱使;本能却不受他们的控制。这些大家长们和教授们一样要对付无数的艰难和可怕的障碍。从某些方面来看,他们所受的教育和我所受的教育一样糟糕,也在他们身上孕育了同样糟糕的缺陷。

没错,他们确实有钱又有权,只不过这钱与权的代价是胸中永远盘桓着一只食其心而啖其肺的鹰鹫;这是他们本能的占有欲和强烈的囤积欲。这种欲望驱使他们无止境地贪图他人的土地和财产,筑边扬旗,修造战船,施放毒气,不惜牺牲自己与子孙的性命,好让自己穿过水师提督门①(我刚好走到这儿)或走在任何一条满是战利品和火炮的大街上的时候,可以回想一下其中所彰显的光辉与荣耀;或是让自己在春日的阳光下看着那些股票经纪人和大律师们在屋子里为自己挣钱、挣钱、再挣钱,而实际上一年五百英镑就足以让一个人在日光之下好好地活着了。

我想,身上怀着这样的本能可真是让人不痛快。这绝对是他们的生存状况导致的,是文明尚未开化的产物,我一边这样想,一边看着剑桥公爵雕像,特别留意到了他头上那顶三角帽上的羽毛,大概从来没有人会像我这样死盯着它看过。意识到男人的这些缺陷之后,恐惧和怨恨逐渐化为怜悯和宽容;一两年后,怜悯和宽容也消退了,随之

---

① 水师提督门是英国伦敦的一座纪念性建筑物,建于1912年。水师提督门位于伦敦西敏市中心,连通特拉法加广场和白金汉宫前的林荫路,因连接旧海军部而得名,又称作海军部拱门。

而来的是完全的解脱与释怀，可以平心静气地专注思考事物本身了。比如说这栋楼，我是喜欢还是不喜欢？这幅画，它是丹青妙笔还是信手涂鸦？这本书，它在我眼里是引人入胜还是味同嚼蜡？说实话，我姑姑的遗产为我打开了新世界的大门，使我摆脱了弥尔顿要我无限爱慕的那个伟岸而威严的绅士形象，得以进入一片广阔的新天地。

这样想着，我沿着河边走上了回家的路。街上点起了灯火，从清早到傍晚，伦敦经历了难以名状的变化，仿佛这座巨大的城市机器运转终日之后，终于在我们的帮助下织成了尺布寸缕，美得让人激动不已；就像一只褐色的怪物，口吐热气，厉声咆哮。连晚风也像一面猎猎作响的旗子，猛烈地打在房屋之上，拍得围墙咯咯作响。

但是我家附近的小街上，却完全是一幅寻常百姓家的景象。油漆工人从梯子上爬下来；保姆们小心翼翼地推着摇篮车进进出出，到托儿所去喝茶；运煤工人把自己的空麻袋一个一个叠放整齐；菜店老板娘戴着红色的露指手套清点一天的进账。可我还在聚精会神地思考你们放在我肩头上的重担，甚至连眼前这种寻常景象，也能让我止不住地往那方面联想。我想，现在要判断这些工作哪一个更高人一等，哪一个更不可或缺，可比一百年前不知道要难上多少。当个运煤工人好呢，还是做个育婴保姆好呢？在这个世界上，难道养活八个孩子的清洁女工就比赚了十万英镑的大律师更低贱吗？这种问题毫无意义，而且也没有人能答得上来。清洁女工和律师的相对价值随时都在浮动变化，可即便是当下，我们也没有一个尺度能来衡量其大小。我还指望教授能用"无可辩驳的铁证"让我信服他对女性所做的这样那样的判断，我当真是痴心妄想了。即便有人能够明确眼下某种才能天赋的价值，这些价值也是会变的。很可能一百年以后这种变化便是天壤之别了。走到家门口，我心想，别的不说，一百年以后，女性说不定已经不再是受保护的群体了。按道理讲，她们该会参与各种从前不被允许参与的活动和工作了，保姆也会去运煤，老板娘也会去开火车。女性还处在保护之下时所建立起来的种种假设——比如（这时候有一队士兵在街上列队行进）女人、牧师和园丁比一般人长寿——都将不复存在。如果没有这一层保护，女人也从事男人的工作，参与男人的活动，也去当兵，做水手，做火车司机和码头工人，这样的话，女人不就比男人死得早得多、死得快得多了吗？到那时候，男人说"我今天看见一个女人"，可就像从前说"我今天看见一架飞机"一样稀罕了。开门的时候，我就在想，只要女人不再受保护，那么，一切就皆有可能。可是这对我研究的主题——女性和小说——有什么帮助呢？进屋的时候，我这样问自己。

第三章

晚上回到家，没能收获什么重要的说法和可信的事实，着实令人失望。女性比男性贫穷的原因众说纷纭，或许最好还是放弃探寻这真理，把这些岩浆一样炙热、泔水一样腌臜的一己之见一股脑儿灌进自己脑子里比较好。我最好把窗帘拉上，把外界的干扰隔绝，把灯打开，再把这个问题的范围缩小一点，找一位只记录事实而不夹带私心的历史学家，看看他是如何描述女性的生存状况的；也不必考究历世历代，只要知道英国，比如说伊丽莎白时代的女性的状况就行。

那个年代，好像是个男人都能吟诗作赋，但是，为什么女性没有在当时璀璨的文学宝库中留下只言片语呢？这是一个不解之谜。我问自己，当时妇女的生存处境是怎样的呢？也许我们可以把科学的发现比作散落在地上的鹅卵石，但小说和那些充满丰富想象力的作品却不然；小说就像是一张蜘蛛网，看上去可能不着痕迹，但却附着在生活的各个角落里。这种附着往往难以察觉，譬如说莎士比亚的戏剧，看上去就无凭无依。可是一旦这张网受到了拉扯，边缘被粘到了一起，或是从中间被撕开，这时候人们就会想起，这些"蜘蛛网"可不是什么虚幻无形的生物凭空编织出来的，而是由受苦受难的人类所织就，依附在诸如健康、金钱和居住的房屋等物质条件之上。

所以，我走到摆放着历史书的书架旁，拿起最新出版的那一本，特里维廉教授①的《英国史》,翻阅其中有关"女性"的内容,找到了"女性地位"的字样。我翻到其中的一页,上面写道:"打老婆是男人公认的权利,不论高低贵贱,男人在打老婆时都丝毫不觉羞耻……"这位史家又说道:"同样,女儿若拒绝与父母为她所选择的夫婿成婚,也有可能会被家人关在屋里肆意殴打,且公众对此也不会感到丝毫震惊。婚姻无关乎个人感情,只服务于家族的贪欲,尤其是在'殷勤体贴'的上流社会更是如此。……往往在一方或双方尚在摇篮之时,婚约就已经缔结,而且一旦能够脱离保姆的照料,双方就要完婚。"这是1470年,乔叟②时代刚刚过去不久。

书中再次提及女性的地位,已经是大概两百年之后的斯图亚特王朝时期了。"贵族阶层和中产阶级妇女的自主择婿现象依旧只是个例;而且,夫婿一旦指定,那么至少在法律和习俗上,他就是女人的主上和大人了。然而即便如此,"特里维廉教授总结道,"不论是莎士比亚笔下所描绘的女性,还是那些真实可信的17世纪回忆录作品,比如弗尼夫妇和哈钦森夫妇作品中的女性,似乎都不乏其个性与品格。"

---

① 乔治·麦考利·特里维廉(George Macaulay Trevelyan)(1870—1962),英国功劳勋章获得者,英帝国二等勋位爵士,英国皇家学会会员,不列颠学会会员,英国历史学家、学者。
② 杰弗里·乔叟(Geoffrey Chaucer)(1343—1400),英国诗人、作家,被誉为中世纪最伟大的英国诗人,被称为"英国文学之父""英国诗歌之父",其代表作《坎特伯雷故事集》被评为最伟大的英语诗歌作品之一,他是第一个被安葬于威斯敏斯特大教堂的诗人,其安葬处后被称为"诗人角"。

诚然，若是推敲起来的话，我们会发现，克里奥佩特拉①是个左右逢源的女人；我们会认为，麦克白夫人②是个很有主见的女人；我们也可能断定，罗莎琳德③是个迷人的姑娘。特里维廉教授说莎士比亚笔下的女性似乎并不缺乏个性与品格，这话再真实不过了。就算不是历史学家，我也可以进一步断言，自开天辟地以来，在所有诗人的所有诗章当中，女性都像闪耀的灯塔一般；剧作家的笔下有克吕泰墨斯特拉④、安蒂冈妮⑤、克里奥佩特拉、麦克白夫人、费德尔⑥、克雷西达⑦、罗莎琳德、苔丝狄蒙娜⑧和马尔菲女公爵⑨；而文学家笔下又有米勒芒特⑩、克

---

① 克里奥佩特拉七世·西娅·非罗帕德（Cleopatra VII Thea Philopator）（前69—前30），埃及女王，埃及托勒密王朝的最后一位统治者，被称为"埃及艳后"，"蛇蝎美人"的历史原型。
② 莎士比亚悲剧《麦克白》（Macbeth）的女主角。
③ 莎士比亚喜剧《皆大欢喜》（As You Like It）的主人公。
④ 希腊神话人物，迈锡尼（Mycenae）国王阿伽门农（Agamemnon）的妻子，特洛伊（Troy）的海伦（Helen）的妹妹。
⑤ 希腊神话人物，俄狄浦斯（Oedipus）的女儿。
⑥ 让·拉辛（Jean Racine）的五幕古典悲剧《费德尔》（Phèdre）的主人公，拉辛该剧根据古希腊剧作家欧里庇得斯的剧作《希波吕图斯》改编，但将故事的重心从希波吕图斯转移到了其继母费德尔身上。
⑦ 特洛伊的预言家卡尔卡斯的女儿，在许多中世纪和文艺复兴时期关于特洛伊的战争故事中都有出现，是"不忠情人"的历史原型。
⑧ 莎士比亚悲剧《奥赛罗》（Othello）中的女主人公。
⑨ 约翰·韦伯斯特（John Webster）的五幕悲剧《马尔菲女公爵》（Duchess of Malfi）中的女主人公。
⑩ 威廉·康格里夫（William Congreve）的剧作《世道常情》（The Way of the World）中的女主人公。

莱丽莎①、贝基·夏普②、安娜·卡列尼娜③、爱玛·包法利④、盖尔曼特斯夫人⑤;这些名字如潮水般涌上心头,其中却没有一个女性"缺乏个性和品格"。的确,如果只从男性写的小说来看待女性的话,我会觉得女人可谓举足轻重,她们秉性迥异,或豪放,或刻薄;或崇高,或卑鄙;或美艳绝伦,或奇丑无比;或卓越堪比男子,甚或有过之而无不及⑥。但这只是小说里的女性,如特里维廉教授所指出的,现实中

---

① 约翰·理查德森的小说《克莱丽莎》(*Clarissa*)中的女主人公。
② 萨克雷的小说《名利场》中的一位女性角色。
③ 列夫·托尔斯泰(Leo Tolstoy)的小说《安娜·卡列尼娜》(*Anna Karenina*)中的女主人公。
④ 古斯塔夫·福楼拜(Gustave Flaubert)的小说《包法利夫人》中的女主人公。
⑤ 马塞尔·普鲁斯特(Marcel Proust)的小说《追忆似水年华》中的一位女性角色。
⑥ 在雅典,女性遭受着近乎东方式的残酷压迫,被人当作奴隶或苦工,然而始终让人觉得诡异而无解的是,在这样一座城市的舞台上,竟然还会出现像克吕泰墨斯特拉和卡珊德拉(Cassandra)、阿托莎(Atossa)和安蒂冈妮、费德尔和美狄亚(Medea)以及其他各种女主人公的形象,包揽了"厌恶女人的"欧里庇得斯(Euripides)的一出又一出戏剧。可是话又说回来,现实生活中体面的妇女虽不可能在街上抛头露面,可是在舞台上,女人却能同男人分庭抗礼,或较之更胜一筹,这样的矛盾从来也没有得到过令人满意的解释。就是在现代悲剧作品中,女性的这种主导地位依旧存在。无论如何,只要大致一读莎士比亚的作品〔韦伯斯特(Webster)的作品也差不多,但马洛(Marlowe)或琼森(Jonson)的作品就不行〕,我们就能够看清,从罗莎琳德到麦克白夫人,所有女性人物都拥有这种主导权和主动性。拉辛(Racine)的作品也是如此,他的六部悲剧都是以女主人公的名字命名的。他所塑造的男性角色当中,有哪一位我们能拿来同赫尔麦厄尼(Hermione)和安德洛玛克(Andromaque)、贝伦尼斯(Bérénice)和罗克珊娜(Roxane)、费德尔和阿塔莉(Athalie)相提并论呢?易卜生(Ibsen)的剧作亦然,他笔下的男性角色中,又有哪一位能比得上索尔维(Solveig)和诺拉(Nora)、海达(Hedda)和希尔达·汪格尔(Hilda Wangel)还有丽贝卡·韦斯特呢?——F. L. 卢卡斯(F L Lucas),《悲剧》(*Tragedy*)(1927)。——作者注

的女性其实是被关在屋子里遭受殴打和虐待的。

　　于是，一个古怪而又复杂的存在就这样产生了。想象中女性举足轻重，而实际上她却又一文不值；诗词歌赋、字里行间都有女性，但历史上她却又了无痕迹；小说里女性主宰着君王和征服者的命运，而现实中一旦父母强令她戴上婚戒，她就会沦为某个男人的奴隶；文学作品中最鼓舞人心的话语、最精辟深刻的思想，一部分就是出自女性之口，而现实生活中她却连读写都难，连她自身都还是丈夫的财产。

　　读完历史，再读诗歌，我脑子里确实会想象出一个十足的怪物形象，好像长着鹰的翅膀的蠕虫，又好像生命与美的精灵在厨房里拿菜刀剁着板油。但这样的怪物，不论想象中多么使人发笑，实际上都不存在。要想让这个形象活起来，我就必须同时以诗意的和寻常的方式思考，让她既不脱离现实——她就是马丁太太，36岁，蓝衣，黑帽，棕色鞋——又不失小说的虚构——这位太太身上，充溢着万千奔流激荡、光芒万丈的精神与力量。但是，在尝试运用这种方法来建构伊丽莎白时代的女性形象时，我还是感到一筹莫展，因为事实的极度匮乏限制了我的想象力。我无从得知任何关于她的细节，也无从知晓有关她的任何确切、翔实的信息。历史书几乎没有提及她。

　　我回过头来，打开了特里维廉教授的书，想看看他笔下的历史又如何；读完书中的标题，我发现他笔下的历史是这样的——"庄园法庭与敞田制农业……西多会与牧羊业……十字军东征……大学……下议院……百年战争……玫瑰战争……文艺复兴时期的学者……修道院的瓦解……农业革命与宗教冲突……英国海上霸权的起源……西班牙无敌舰队……"不一而足。他偶尔会提及个别几位女性，像某某伊丽莎白，某某玛丽，某某女王或尊贵的夫人之类的。可是，中产阶级妇女所能支配的，除了自己的头脑和个性之外再无其他，她们绝无可能参与任何一场伟大的历史运动。而历史学家眼中的历史，恰恰就是由这些伟大的运动所组成的。野史逸闻里，我们找不到女性的痕迹，而奥布里①也鲜少谈论女性；女性从来没有书写过自己的青春，也几乎没记过什么日记；女性写过的信件被留存下来的屈指可数，女性没有留下一部剧、一首诗，让我们可以拿来对她品评。

我想，我需要的可是车载斗量的信息，为什么没有哪个纽纳姆学院或是格顿学院的高才生能为我指点迷津呢？我想知道：她多大年纪结婚，一般情况下要生几个孩子，住的是什么样的房子，有没有自己的房间，要不要下厨，有没有雇用仆人……这些信息一定藏在什么地方，可能在教区记事录里，也可能在账簿里；伊丽莎白时代普通女性的生活图景，必定是散佚在了什么地方，只等我来网罗攒聚，好成其为书呢。我一边在书架上四处寻找那些并不存在的书籍，一边想，奢望这些名校的学生们重述历史，我简直是太不知深浅了。我承认，历史那副虚假和偏颇的面目往往是有些古怪，既然这样，为什么这些高才生们就不能在历史上为女性添上一笔呢？他们可以不用那么招摇的字眼儿啊，这样不就不会显得那么唐突冒犯了吗？

我时常能在那些伟人的生平中瞥见女性的身影，稍纵即逝，倏忽间便隐没于背景之中，而我有时就觉得，这背景吞没的是她们的顾

---

① 约翰·奥布里（John Aubrey）（1626—1697），英国古物学家、传记作家、自然哲学家，以其对同时代人生动、亲切、时而带着尖刻的描写而闻名。

盼，她们的莞尔，又或者是她们的带雨梨花。毕竟，简·奥斯汀的故事我们已经看够了；乔安娜·贝利①的悲剧对埃德加·艾伦·坡②诗歌的影响也差不多不必再细究了；于我而言，就算玛丽·拉塞尔·米特福德的寓所和她常去流连之处再封锁至少一百年，我也毫不在乎。可是，我又一次环视书架，接着想，我们对于18世纪以前的女性竟然如此无知，这还真是让人愤慨。我脑子里连一个可资借鉴的原型都想不出来。我到这儿来，就想问问伊丽莎白时代的女性为什么没写过诗，可我却连她们受过什么样的教育，有没有人教她们写字，有没有自己的起居室，有多少人在21岁之前就得生孩子——这么说吧，她们从早上八点到晚上八点都做些什么——我都不知道。很明显，她们没钱，据特里维廉教授说，不管她们乐不乐意，在成年之前——很可能在十五六岁的时候——她们都得结婚。照这么看来，要是有那么一个女孩冷不丁地写出一部比肩莎士比亚的戏剧来，那才真叫三更半夜里见太阳了呢。

这么一琢磨，我又想起了一位老先生来，这人已经死了，我记得他过去是个主教。他曾经断言，不论过去、现在还是将来，都没有一个女人能有莎士比亚那样的天赋。他还把自己这话登到了报纸上。他还对专门向他求教的一位夫人说，猫其实是不能上天堂的，说完，还补充了一句，哪怕猫确实拥有某种灵魂，那也不行。为了拯救生灵，

---

① 乔安娜·贝利（1762—1851），英国诗人、剧作家。
② 埃德加·艾伦·坡（1809—1849），美国作家、诗人、编辑、文学评论家，美国最早的短篇小说实践者之一，美国第一个靠写作谋生的著名作家，被广泛认为是美国浪漫主义和整个美国文学的中心人物、侦探小说的发明者。

这帮老太爷们可真是煞费苦心啊！他们的谆谆教诲可真是让人眼界大开啊！猫原来是不能上天堂的。女人原来是写不出莎士比亚一样水平的戏剧的。

话是这么说，可看着书架上的莎士比亚剧作，我还是忍不住想，这位主教说得也没错，至少，在莎士比亚的时代，任何一个女人都绝无丝毫可能创作出莎士比亚那样水准的戏剧作品。既然掘地三尺也找不到什么史实，那我不妨想象一下，假使莎士比亚还有一个天赋异禀的妹妹——我们或许可以称呼她朱迪丝——情况又会如何。莎士比亚自己很有可能上过文法学校（他的母亲继承了家族的遗产），在学校里学习了拉丁文——奥维德①、维吉尔②和贺拉斯③的作品——以及文法和逻辑学的原理。

众所周知，莎士比亚小时候就是个无法无天的孩子，偷猎过野兔，兴许还猎杀过一头鹿，远没有到结婚的年纪就娶了邻家女孩为妻，而远未到生养的时候又生了个孩子。一番惹是生非之后，他只得跑到伦敦碰碰运气。他似乎对戏剧情有独钟，先是在剧院后台门口为人牵马，很快又在剧院谋了一份差事，最后成了一个成功的演员。从此在宇宙的中心安家落户，结交各色人等，在舞台上磨砺自己的演技，在街上锻炼他的才艺，甚至还进宫觐见过女王。与此同时，我们

---

① 即普布利乌斯·奥维德乌斯·奈索（Publius Ovidius Naso）（前43—17），古罗马诗人。
② 即普布利乌斯·维吉利乌斯·马罗（Publius Vergilius Maro）（前70—前19），古罗马诗人。
③ 即昆图斯·贺拉斯·弗拉库斯（Quintus Horatius Flaccus）（前65—前8），杰出的古罗马抒情诗人、讽刺作家。

可以设想一下，他那天资过人的妹妹还留在家中。和哥哥一样，她也热爱冒险，也富于想象，也渴望见识外面的世界。但是她却没有上过学，没有机会学习文法和逻辑，更别提阅读什么贺拉斯和维吉尔的作品了。她时不时地会捡起一本书——说不定是他哥哥的——读上两页。可是正读的时候，她父母就过来叫她去补袜子，或是去看锅，反正就是不让她读书看报。他们说话可能很严厉，但态度却很和蔼；毕竟是殷实人家，都深知女人的命运如何，也深爱着自己的女儿——实际上，她很有可能是自己父亲的掌上明珠。

或许，她也曾躲在小阁楼里匆匆写过一些文字，又把它们悄悄地藏起来，或者是一把火烧掉。可是很快，在她还只有十几岁的时候，她就被许配给了邻居羊毛商人的儿子为妻。她哭着喊着不愿意结婚，结果却被她父亲痛打了一顿。打完以后，父亲不再责骂她，反而求她不要伤害他，不要因为这桩婚事而让他蒙羞。他答应给她一串珠子或一条好看的衬裙。他的眼里饱含着泪水，哀求着他的女儿。而她怎能悖逆父亲呢？她怎能伤了父亲的心呢？唯有靠着与生俱来的才华所赋予的力量，她才敢违背父亲的意志。她把自己的东西打成小包，夏夜里把自己从窗户上缒了下去，取道直奔伦敦。她还不到十七岁呢，树篱之间叽叽喳喳的鸟儿唱得都不如她动听。在文辞韵律方面，她和哥哥一样资质过人，也像她哥哥一样痴迷戏剧。她站在剧院后台的门口，说她想演戏。男人们都当面耻笑她。剧院经理是个肥头大耳、口无遮拦的家伙，他站在那儿纵声大笑，叫嚷着"女人要是会表演，狗子还不得上天"之类的话。他说，女人不可能成为演员，除非——你们知道他想暗示什么。她空有一身才艺却得不到训练。

难不成，她还能到客栈里讨碗饭吃吗？难不成，她半夜三更还得在大街上游荡吗？她的才华终究只存在于小说，她渴望从男男女女丰富多彩的生活中、从对他们言谈坐卧的把握中得到充分的滋养。最后，因为她正值豆蔻年华，而长相又酷似诗人莎士比亚，都有一双灰色的眼睛和一对弯弯的眉毛，剧团的演员经理人尼克·格林可怜她，收留了她。后来，她发现自己怀了这男人的孩子，所以——诗人的灵魂若是束手束脚地困锁在一个女人的躯壳里，谁又能料到它是怎样的炽烈与狂暴呢？——她就在一个冬夜里自杀了，尸体就葬于现今大象城堡酒店外面的某个十字路口，公交车停靠的地方。

我想，莎士比亚时代的哪个女人要是真有他那样的才华，她的结局恐怕也不过如此。对我来说，那位呜呼哀哉了的主教大人（假使他真做过主教）的话我还是认同的。莎士比亚时期的女人能有莎士比亚那样的才华，这简直是不可思议的事情。像莎士比亚这样的天才，不可能诞生于那些日夜操劳、目不识丁、奴颜婢膝的劳苦大众中，不可能诞生于英国的撒克逊人和布立吞人之中，也不可能诞生于现今的工人阶级当中。既是如此，我们又怎能奢望从女人堆里出来一个莎士比亚呢；特里维廉教授已经说过，还没成年的时候，父母长辈、律法风俗就已经开始竭尽全力将诸般劳苦加诸她们身上了。可是，女人当中必定存在着某种天才，就像工人阶级之中，必定存在某种天才一样。时不时地就会出现一位类似艾米莉·勃朗特[①]或是罗伯

[①] 艾米莉·简·勃朗特（Emily Jane Brontë）(1818—1848)，英国小说家，一生只有一部作品《呼啸山庄》，这是一部以约克郡荒原为背景的充满激情和仇恨的极富想象力的作品。

特·伯恩斯①的人,在历史的天空中闪耀,并彰显出自己的存在,只不过显然这些人都没有青史留名罢了。

不过,每当我读到哪个女巫被人溺死,哪个女人被鬼附身,哪个女术士在兜售草药,甚或是某个显赫的男人的母亲时,我都会想,我们能从这里面捕捉到某个身影,她或许是个迷失的小说家,是个受压抑的诗人,是个噤若寒蝉、羞于见人的简·奥斯汀,又或许是个在荒野里跌得头破血流或是在大路旁一边割草一边啜泣的艾米莉·勃朗特,却被自己的天赋折磨得近乎癫狂。说真的,我甚至觉得历史上不计其数的无名诗作多半都出自女性之手。我还记得,爱德华·菲茨杰拉德②曾说,是女人创作了叙事诗和民歌民谣,来唱给自己的孩子听,在纺纱织布或是漫漫冬夜里消磨时间。

这种猜测是真是假,谁也说不清楚,但在回顾自己刚刚杜撰的莎士比亚妹妹的故事时,我发现对我而言,至少有一点是肯定的:任何一个才华横溢的女人若是生活在16世纪,都会不可避免地失心发狂,饮弹而亡,或在村外某个偏僻小屋里了却残生,一半像巫婆、一半像术士那样,令人畏惧,又受人嘲笑。不需要多少心理学知识,我们也能断定,如果一个天赋异禀的女孩子想运用自己的才能去写诗,那她必定会受到其他人的百般阻挠和肆意掣肘,她的本能又与世俗背道而驰,则必定会被这个世界残酷地折磨并无情地撕扯,到最后必定落得一个身心俱疲的下场。如果不承受什么侵犯,不忍受什么毫无道

---

① 罗伯特·伯恩斯(1759—1796),苏格兰民族诗人,因其风流韵事及对正统宗教和道德的反叛而闻名。
② 爱德华·菲茨杰拉德(1809—1883),英国诗人,作家。

理却又不得不忍受的痛苦,就没有哪个女孩子能跑到伦敦,站在剧院门口,闯进去和演员经理人见面。毕竟,不知何故,某些社会已经把女人的贞洁树立起来当作偶像崇拜了。在女性的生命中,贞操一向具有宗教的重要意涵,往昔如此,如今亦然。对贞操的崇拜,早已潜藏在人的神经之内,蚀刻在人的本能之中,要想让它松筋断骨,白日见光,非得有绝顶的勇气不可。

对一个女诗人或是女剧作家来说,在16世纪的伦敦自由自在地生活,需要承受相当的负担和困窘,很可能使她陷入万劫不复的境地。纵使能九死一生,她原有的想象力也早已如惊弓瘦鸟、扶风弱柳一般,写出来的东西也是扭曲和残缺的。我看着书架,上面并没有女性创作的戏剧作品,心里又想,毋庸置疑,女人是不会在其作品上署名的。她肯定会用这样的方式来保护自己,而这都是贞节观念的遗风流毒所致,即使到了19世纪,女人们还是不得不因此而选择隐姓埋名。柯勒·贝尔①、乔治·艾略特、乔治·桑②,这些人毫无例外都是这种内在冲突的牺牲品,她们妄想用男人的名字来掩饰自己,但结果却是徒劳。

她们就是这样迎合了陈规陋习,承认女人抛头露面可憎可恶;即便男人们不去宣扬这种观念,女人们也会为这种思想推波助澜。(伯里克利③说,女人最大的荣耀就是不被别人提起,而他自己倒是常被人

---

① 夏洛特·勃朗特的笔名。
② 即阿曼丁·露西尔·奥洛尔·杜平(1804—1876),笔名乔治·桑,法国小说家、回忆录作者、社会主义者。
③ 伯里克利(前495—前429),古雅典政治家。

议论。）她们骨子里就希望自己默默无闻，埋没自己的欲望仍旧支配着她们。即便到现在，她们也不像男人一样关心自己的名声。而且一般说来，女人们路过墓碑或看见路标，也不会产生希望自己的名字有朝一日也要铭刻在上面的难以抑制的冲动。她们不像张三李四王五之流，顺着肉体的本能而行，看见美女路过，甚或是看见一条狗，都会蠢蠢欲动。这条狗是我的！①当然了，也不一定非得是狗，想到议会广场、胜利大道和其他一些刺激渠道，我觉得他们看见一块地、一个一头黑色卷发的男人，也得是这种反应。做女人最大的好处之一就是，即便眼前飘过一个标致的黑人女子，你也会放过她，而不会想着把她变成一个英国女人。

因此，生在16世纪，具备文才诗情的女人是不幸的，要不断与自我作斗争。她头脑中创作的力量需要一定的心境才能被释放出来，然而她的整个生存状况、她的全部天性本能都与这种心境相抵触。可是我又想，什么样的心境才最适合于创作呢？既然它能够促进和实现创作这种奇妙的活动，我能不能多少对这种心境有点了解呢？想到这儿，我翻开了一卷莎士比亚的悲剧集。就拿莎士比亚来说吧，他在创作《李尔王》和《安东尼与克里奥佩特拉》时是什么样的心境呢？他的心境无疑是有史以来最利于诗歌创作的心境了。可是莎士比亚自己对此却缄口不言。我们只是出于偶然、在不经意间才了解到他在创作时"从来都是文不加点"，一气呵成。

可能在18世纪以前，确实没有哪位艺术大师会谈论自己创作时的

---

① 原文为法文。

心境，开此先例的，恐怕应该是卢梭①了。但至少，到19世纪时，文人们的自我意识已经觉醒到了相当的程度，以至于他们已习惯于在忏悔录和自传中描述自己的创作心境了。他们的生活被人罗缕纪存，百年作古之后，他们的信件也被人刊行于世。因此，虽然我们无从得知莎士比亚在创作《李尔王》时的心理状况，但我们却知道卡莱尔②在创作《法国大革命》时心境如何，知道福楼拜③在创作《包法利夫人》时心态怎样，还知道济慈④在用诗歌与凡人的朝生暮死、人间的世态炎凉相抗争时的心路历程。

从浩如烟海的忏悔和自我剖析的现代文学作品当中，我总结出来一个道理，想创作出一部惊为天人的文学作品，其难度简直堪比登天。一切都在阻挠和妨碍作者充分而完整地运用头脑创作出自己的作品。通常情况下，作者的创作会受到物质条件的制约：狗会乱吠，人会打岔；而钱不挣不行，身体又非垮不可。这个世界对作者的漠不关心则进一步加剧了这些苦难，使之更加难以承受。这个世界并没有求着人来写诗歌、写小说或是写历史；这个世界不需要这些东

---

① 让-雅克·卢梭（Jean-Jacques Rousseau）（1712—1778），法国哲学家，作家，政治理论家，他的政治哲学影响了欧洲启蒙运动的进程和法国大革命的各个方面。
② 托马斯·卡莱尔（Thomas Carlyle）（1795—1881），英国历史学家、讽刺作家、散文家、翻译家、哲学家、数学家、教师。代表作：《论英雄、英雄崇拜和历史上的英雄》。他认为，"伟人"的行为在历史中起着关键作用，"世界的历史不过是伟人的传记而已"。
③ 古斯塔夫·福楼拜（Gustave Flaubert）（1821—1880），法国小说家，被视为法国现实主义文学流派的主要推动者。代表作：《包法利夫人》。
④ 约翰·济慈（John Keats）（1795—1821），英国浪漫主义抒情诗人。

西。这个世界并不在乎福楼拜写小说时能不能找到最恰当的用词,也不在乎卡莱尔有没有严谨地验证过这样或那样的史实。这个世界所不屑的东西,它自然不会对其有所回报。所以,诸如济慈、福楼拜和卡莱尔这样的作家们只得备受其害,苦不堪言,尤其是在他们文思泉涌的青年时期,还要经受各种各样的挫折与干扰。从那些忏悔和剖析的书卷之中,传出了切齿的咒骂和痛苦的哀号:"伟大的诗人在痛苦中凋亡!"

这就是他们悲怆低沉的吟唱。在这样的情况下,要是作家还能披荆斩棘创作出什么东西来的话,那绝对是奇迹。而且,就算是这样,恐怕也没有一本书能够以其本来的完整构思公之于众。

可是,看着空空如也的书架,我又想,对女性而言,这一切的艰难险阻怕只会更加让人望而却步。首先来讲,即便到了19世纪初,除非父母非富即贵,否则女人绝不可能拥有属于自己的房间,更不要提什么房间安不安静、隔不隔音了。她父亲出于好意才给她的那点零花钱就只够给自己买点儿衣服。济慈、丁尼生和卡莱尔也都是穷人,可他们至少还可以出门远足,可以去法国旅行,也可以租个僻静的地方独处,哪怕再怎么简陋,好歹还能叫他们远离家人的贪婪和暴虐,可是,她却连这样的权利也被剥夺了。

这些有形的困难固然可怕,但更可怕的却是那些无形的苦难。世道的淡漠曾令济慈、福楼拜和其他才子们难以承受,到了女人身上,这种淡漠就变成敌意了。对男人,这世界会说,你要写就写,跟我无关。唯独对女人,它就尖声狂笑,写作?你能写出什么好东西出来吗?我又看了看空荡荡的书架,心想,这下纽纳姆和格顿的心理学家们可算有用武之地了，现在是时候衡量一下挫折对艺术家内心的影响了。我曾经见过乳制品公司在老鼠身上做实验，测量普通牛奶和优质牛奶对老鼠体质的影响。他们把两只老鼠并排关在笼子里，一只老鼠瘦弱、胆小又畏首畏尾，而另一只老鼠肥硕、大胆，毛色又鲜亮。现在我们又是拿什么去供养女艺术家的呢？

这么一问，我回想起了那天晚饭时候的梅子干和蛋奶沙司。要回答这个问题，我只需翻开晚报，读一读伯肯赫德勋爵的意见就可以了。可是，我真的不想再大费周章抄录勋爵大人对女性写作的卓见了，我也不想管英奇牧师是怎么说的了，随便哈利街的专家们在哈利街上大呼小叫，我心里也不会有一点儿波澜。不过，我倒要引述一下奥斯卡·布朗宁先生的话，他曾是剑桥大学名噪一时的大人物，格顿学院和纽纳姆学院的考试就曾由他来命题。奥斯卡·布朗宁先生总是说，"批阅完任何一套试卷，脑海中留下的印象都是，不管给出多少分，智力最优秀的女人都比智力最差劲的男人逊色"。

说完这话，布朗宁先生就回房间去了——正是后面他说的话才让他备受追捧，使之成了一个高大威严的人物——他回到房间，发现一个小马倌儿躺在沙发上，"骨瘦如柴，双颊塌陷，面色蜡黄，满口黑牙，四肢瘫软。（布朗宁先生说，）'那是亚瑟'，'他真是个可爱的孩子，心地又高尚'"。在我看来，这两个情景始终是互相补充的，好在这个时代传记流行，资料丰富，这两个场面往往也确实能够相映成趣，才使得我们能够既听其言又观其行，能全面地解读大人物们的思想。

虽然现在看来，这样的解读完全可行，但要是放在哪怕五十年前，从大人物嘴里说出来的话，还是有着不可辩驳的震慑力。我们不妨设想一下，一位父亲出于最崇高的动机而不愿意让自己的女儿离家闯荡，成为作家、画家或学者。他会说："你看，奥斯卡·布朗宁先生就是这么说的。"而且，不光奥斯卡·布朗宁先生，还有《星期六评论》和格雷格先生。格雷格先生曾断言说："女人存在的根本，就在于受男人的供养，并且服侍男人。"这样的大男子主义观点比比皆是，他们打心眼儿里觉得女性在智力上一无可取之处。就算她父亲不拿这些大道理说事儿，她自己也能读得到。

说到读书，哪怕是在19世纪，读到这样的内容，也会令她怅然若失，对她的作品产生深远的影响。总会有人煞有介事地劝她，你就是这也干不成，那也做不好；她还得去跟这些人斗争，并挫败他们的别有用心。这世上已经出现了许多优秀的女性小说家，对她们来说，这样的毒害很可能已经没什么效果了。但对于女性画家来说，她们还是会为流毒所伤。至于女性音乐家，在我的想象中，甚至直到现在，她们都还深受其害。女性作曲家的地位，就如同莎士比亚时代女演员的地位一样。

回想起我虚构的莎士比亚妹妹的故事，尼克·格林曾说，女人演戏让他联想到了小狗跳舞。两百年以后，约翰逊博士用同样的话讽刺了女性传教士。而在此时此地，我翻开一本音乐方面的书发现，都到1928年了，当人们谈起女人作曲时，还说着同样嘲讽的话。"说到热尔梅娜·塔耶芙尔小姐[①]，我只能重复约翰逊博士论女传教士的那句名

[①] 热尔梅娜·塔耶芙尔（1892—1983），法国作曲家。

言,只不过把女传教士换成女作曲家就行了:'先生,女人作曲就像狗用后腿走路,她是做不好的,可你还是会吃惊地发现,她到底还是去做了。'①"历史总是这样惊人的相似。

所以我认为,撇开奥斯卡·布朗宁先生的生平先不谈,也不管其他人究竟如何,有一件事情一直是明显的:即便到了19世纪,这个社会仍旧不鼓励女性成为艺术家。恰恰相反,女性依旧备受冷落,含垢忍辱,受千夫所指,遭百口莫辩。

她要驳斥推翻这一切的压迫,最后必然会变得神经紧张,意志消沉。说到这儿,我们还是没有摆脱那种对女性运动影响颇为深刻的大男子主义情结。这种情结既耐人寻味,又不着痕迹。这是一种根深蒂固的欲望,相对于强调女人的低三下四,它更加强调男人的至高无上。它就像一棵参天巨树,遮天蔽日,不但横亘在艺术殿堂之前,还盘桓在政治之路上,哪怕别人给他带来的威胁就像蚍蜉撼树一样微乎其微,哪怕向他告哀乞怜的人如何低声下气,如何毕恭毕敬,他也都决意无动于衷。

我还记得,就连贝斯伯勒夫人②,这样一个对政治那么热衷的人,写信给格兰维尔·莱韦森-高尔伯爵夫人③时,也得颔首低眉,低三下四:"……尽管我对政治一向满腔热情,对此也多有讨论,不过,

---

① 塞西尔·格雷(Cecil Grey),《当代音乐概览》(*A Survey of Contemporary Music*)(1924)。
② 指亨利埃塔·庞森比(Henrietta Ponsonby)(1761—1821),因与格兰维尔·莱韦森-高尔伯爵的婚外情而臭名昭著。
③ 指哈丽雅特·伊丽莎白·卡文迪什·莱韦森-高尔(Harriet Elizabeth Cavendish Leveson-Gower)(1785—1862),第一代格兰维尔·莱韦森-高尔伯爵之妻。

我还是完全认同阁下的意见,女人绝不应该涉足政治或任何其他严肃的事务,最多就是(当别人问起时)说说自己的看法。"说完这些之后,她才开始热情洋溢、酣畅淋漓地谈论起最重要的问题,也就是格兰维尔伯爵在议会下院的首次演说。男人反对女性解放的历史,倒比女性解放历程本身还要有趣,在我看来,这种景象实在怪诞。要是格顿学院或者纽纳姆学院哪个年轻学子能收集一些这方面的例证,推导出个什么理论来,没准儿还能写成一本蛮有意思的书。不过,她得戴上厚手套,用纯金做护栏保护好自己才行。

但是,先不说贝斯伯勒夫人如何,我想,现在这些我们听起来颇觉可笑的话,放在过去可都是金科玉律,不易之理。我现在剪贴下来的这些内容,现在的人只当它是奇谈怪论,只有少数人会在夏日的晚上拿来读一读消磨时间,但我可以向你们保证,这些言论曾经让多少人泣不成声。你们的祖母一辈、曾祖母一辈听到这些话的时候都曾捶胸顿足、号啕大哭。弗洛伦斯·南丁格尔①也曾因此而哀恸哭号②。而且,诸位现在是大学生了,已经有了自己的起居室了——还是说只是一间卧室兼起居室呢?你们当然会说,对这类言论,天才应该不屑一顾才对,天才面对他人的非议,更应该昂然自若才对。不幸的是,恰恰是那些天才男女们,对别人的评价才更加的耿耿于怀。你们想想济慈,想想他的墓志铭;再想想丁尼生,想想——算了,我没必要举那

---

① 弗洛伦斯·南丁格尔(1820—1910),英国功劳勋章获得者,皇家红十字会受助人,耶路撒冷圣约翰医院最受尊敬的女爵士,英国护士,统计学家,作家,社会改革家,现代护理学奠基人。
② 参弗洛伦斯·南丁格尔著《卡珊德拉》,载于R. 斯特雷奇著《事业》。

么多不容置辩的例子也可以证明，虽然很不幸，但事实就是事实，艺术家天生就在意别人对他的看法；文学的世界里尸横遍野，尽是那些过分在意他人评价之人。

回到我最初的问题，到底什么样的心境才最利于创作呢？我想，他们这种敏感脆弱的个性无疑更加剧了他们的不幸。为了能够尽最大的努力，充分而完整地创作出头脑中的作品，艺术家内心的情感必须丰富而强烈。看着桌上摊开的《安东尼与克里奥佩特拉》，我猜想，莎士比亚的心境应该就是这样。艺术家的内心必须如冰心玉壶；其情感的抒发必须无拘无束，畅通无阻。

尽管我们说我们对莎士比亚创作时的心理状态一无所知，但我们既然这么说了，那就说明我们到底还是对莎士比亚的创作心理有所了解。相比于多恩、本·琼生和弥尔顿，我们对莎士比亚之所以知之甚少，或许是因为他从来没有向我们展现过任何的妒忌、怨恨或憎恶之情。这位大作家身上没有什么"野史秘闻"，可以妨碍我们拜读他的作品。他是渴望抗争、说教、申冤与报复也好，还是想让这个世界见证艰难困苦也罢，他都已经淡然了，这一切在他身上也已经消弭了，所以，他的诗歌才会如行云流水，酣畅淋漓。我又回头转向了书架，心想，如果说世界上有哪个人曾完全彻底地表达出了自己的作品，那这个人必定就是莎士比亚；如果说世界上有哪颗心曾炽烈如火、明净如水，那这颗心必定就是莎士比亚之心。

第四章

第四章

很显然，任何一位16世纪的女性身上，都不可能拥有如同莎士比亚那样的心境。只要想想伊丽莎白时代的那些早夭的孩子们，还有墓碑上雕刻的他们双膝跪地、双手合十的雕像，再看看他们那阴暗逼仄的房间，我就明白了，那个时候的女人写不了诗。

我只能寄希望于后世或许会有哪位尊贵的女士，能凭借着她相对的自由与舒适，冒着被人当作怪物的风险，用自己的名字发表些什么作品出来。接着我又想到，男人们当然不是势利小人，他们多半只是出于同情，才对那些舞文弄墨的女贵族们表示一下欣赏。我说这话时是如履薄冰，不想有人把我也当成一个"彻头彻尾的女权毒瘤"。我发现，那时候有头有脸的女士们得到的鼓舞和激励，比什么奥斯汀小姐、勃朗特小姐之类的无名小卒要多得多。但我也发现，她们的内心还是会为一些外界的诸如恐惧和仇恨等情绪所扰乱，我们从她们的诗歌作品中也看出了这种扰乱的痕迹。这时候，我伸手取下了温切尔西伯爵夫人①的诗集，心想，不如就拿她来举个例子吧。温切尔西伯爵夫人生于1661年，出身贵族世家，嫁入名门望族，一生无儿无女。她写过诗，一翻开她的诗集，我就能感受到满腔的义愤奔涌而至；她为女

---

① 安妮·芬奇（Anne Finch）（1661—1720），英国诗人，朝臣，其作品时常表现出作为一名女诗人渴望获得他人尊重的情感，及其作为女性在文学界和朝廷上所面临的困境。

性之地位大鸣不平：

> 万劫而不复兮！受桎梏于陈规。
> 造物之灵秀兮，教化之蒙昧。
> 寸心不得以尺进兮，朕形骸也昏聩。
> 惟萧规以曹随兮，且听命而于归。
> 欲比鸿鹄兮怒而飞，睥睨群雄兮燕雀肥。
> 何异道之相残兮，如芒刺而在背。
> 涅槃之望兮烈烈如火，不堪惶恐兮惧而且畏。

显然，她的内心绝没有达到"心无芥蒂，热情洋溢"的地步。恰恰相反，因为怨愤不平，她的内心已经千疮百孔，意乱神烦了。她将人类划分成两大阵营，把男人称作"相残"的"异道"，对他们既痛恨又畏惧，因为他们掌握着权力，阻碍了她追求自己的梦想，也就是写作。

> 哀哉彼女不自量，提笔作书枉轻狂。
> 附庸风雅班门斧，贻笑大方乳臭娘。
> 此罪昭昭大不韪，冰清玉洁难追羊。
> 倒行逆施汝告我，妇道不行女德丧。
> 轻歌曼舞善窈窕，朝欢暮乐恋华裳。
> 功德圆满在于斯，我辈女流心所向。
> 文山书海学且问，搜肠刮肚觅文章。

婀娜秀色遗沧海，流光韶华尽俯仰。
芙蓉出水风华茂，伊人在水道阻长。
持家理纪做主妇，沉沉死气直堪伤。
我等既安女儿身，立命根本幸勿忘。

她肯定以为自己的文字永远也不会被发表，所以才敢把它们写下来，用如此悲哀的吟唱来抚慰自己的心灵：

寥寥数友，听我悲歌。
月桂树丛，非汝所乐。
暗影如墨，汝得其所。

但是，我们可以从中清楚地看出，即便她的思想能摆脱怨恨和恐惧，内心不再郁积苦毒和怨愤，她的身体里还是会有一团熊熊烈焰在燃烧，时不时地从字里行间迸发出纯一不杂的诗意：

这绫罗绸缎颜色褪，
怎织得，那无与伦比艳玫瑰。

这些诗句得到了默里先生[①]恰如其分的赞许，据说蒲伯还曾记诵并

[①] 约翰·米德尔顿·默里（John Middleton Murry）（1889—1957），英国记者、评论家、作家。

盗用过她的一些诗句:

> 黄水仙，香摄魂，孱弱脑，不能闻。
> 黄水仙，香芳芬，又苦痛，又昏沉。

一个能写出如此诗句的女人，一个心灵与自然融合，又热衷于思考的女人，竟然会被逼到怒气填胸、苦毒幽怨的地步，实在让人觉得可悲可叹。可是，一想到人们对她的冷嘲热讽，谄媚小人对她的阿谀奉承，还有职业诗人们对她的百般质疑，我自问，她自己又能做些什么呢？就算她的丈夫再怎么体贴入微，他们的婚姻再怎样幸福美满，为了写作，她也指定会躲到乡下的一间小屋里，辛酸和顾虑指定是已经把她撕碎了。我说她"指定是"这样，是因为当我调查她的基本情况时发现，我们还是一如既往地对她几乎一无所知。不过，从她的诗句中，我们至少可以了解到她曾深受忧郁之苦。她这样描绘自己身陷抑郁时的想法：

> 诗节遭轻慢，诗女受责难。
> 徒劳又愚蠢，执迷女狂人。

在我看来，她之所以遭受责难，只不过是因为她喜欢田野漫步，并且爱幻想，这些事情都是百无一害的：

> 生花手，爱不群，

见惯司空我不随。

这绫罗绸缎颜色褪,

怎织得,那无与伦比艳玫瑰。

如果这就是她的习惯,是她的乐趣所在,那她自然而然就会遭到别人的嘲笑。而且据说,蒲伯还是盖伊①还曾经挖苦过她,称她是"一个心痒难耐、胡写乱画的女文人"。据说,她曾经嘲笑过盖伊,说从他的《琐事》来看,"相比于坐轿子,他更适合抬轿子"。但这些事情,照默里先生的话说,都是些"可疑的流言",且"招人厌烦"。不过我倒并不认同他这话,哪怕是可疑的流言,我也希望能多听一些,让我对这位忧郁的夫人多一些了解,或多拼凑出一点她的形象来。她爱在田野漫步,爱思索不同寻常的事物,还鲁莽而不智地讥诮"持家理纪做主妇"。

但是,默里先生说,她的才能已经荒废了;她天赋的园地已经变得杂草丛生、荆棘密布,且再没有机会向世人表现自己过人的一面了。于是,我将她的诗集放回了书架,又转向了另一位贵妇,就是兰姆所爱慕的那位轻率浮躁、耽于空想的纽卡斯尔公爵夫人玛格丽特②。玛格丽特公爵夫人比温切尔西伯爵夫人要年长些,但她们是同时代的人。这两位夫人虽然大不相同,但也有相似之处:两人均出身贵族,

---

① 约翰·盖伊(John Gay)(1685—1732),英国诗人、剧作家。
② 玛格丽特·卢卡斯·卡文迪什(Margaret Lucas Cavendish)(1623—1673),泰恩河畔纽卡斯尔公爵夫人,英国贵族,哲学家,诗人,科学家,小说家,剧作家。

都没有子女,也都嫁了一个好归宿。两人都对诗歌创作满腔热忱,也都因为同样的原因而受人诋毁,进而变得心理扭曲。

翻开公爵夫人的作品,我同样看到了喷涌而出的熊熊怒火:"女人过着如同蝙蝠或猫头鹰一样的生活,像牲畜一样劳作,如蛆虫一般死亡……"玛格丽特原本也可以成为诗人;若是在今天,她写的那些东西肯定能掀起一阵波澜。可结果呢,她那样狂放不羁、充盈丰沛、天然去雕饰的聪明才智,又有谁能够约束、驯服或加以教化,使之循规蹈矩呢?她的才情如云奔潮涌,激荡奔流,汇聚成了韵诗和散文、诗意与哲思的滚滚激流,最后被凝结成了一卷又一卷四开本或是对开本的文集,再无人问津。她本应该手里拿着显微镜;她本应该学会仰望星空,学会科学理性地思考。孤独与放任令她的头脑混沌不清,没有人关心过她,没有人教导过她;教授们恭维她,宫廷贵胄们奚落她。埃杰顿·布里吉斯准男爵[1]曾抱怨她的粗俗,"这样一位出身高贵、一直在宫廷中成长的女人竟会流露出(如此的粗俗)"。她将自己独自幽闭在了维尔贝克。

一想到玛格丽特·卡文迪什[2],脑海中浮现的画面是那么的孤独、那么的混乱,就好像一根巨硕的黄瓜四处蔓枝,把花园里的玫瑰和康乃馨全都压死了一般。"最有教养的女人是思想最开明的人";一个写得出这种话的女人,竟然花时间写了一些无意义的废话,越变越昏昧,越变越愚蠢,以至于一出门,她的马车就被人围得密不透风,这

---

[1] 塞缪尔·埃杰顿·布里吉斯爵士(Sir Samuel Egerton Brydges)(1762—1837),一等准男爵,英国作家、系谱学家、书志学家。

[2] 即前文中的"纽卡斯尔公爵夫人玛格丽特"。

是何等的暴殄天物啊！毫无疑问，这位疯狂的公爵夫人已经变成了一个专门用来吓唬聪明女孩儿的老妖怪了。说到这儿，我想起来了——我把公爵夫人的书放回架子上，又翻开了多萝西·奥斯本①的信件——在写给坦普尔②的信中，她谈到了公爵夫人写的新书："这可怜的女人，她肯定是有点儿神经错乱了，要不然她怎么会可笑到如此地步，居然大着胆子去写书，写的还是本诗集。我就算两个礼拜不睡觉，也不会做这种荒唐事。"

所以说，既然理智谦逊的女人都没有一个能写得成书，多萝西这个敏感而忧郁、脾气秉性又与公爵夫人大相径庭的女人，就更是什么都不曾写过了。写信并不能算写作。女人可以坐在她父亲的病床前写信，也可以坐在炉火边写信，免得妨碍男人们夸夸其谈。我一边翻看多萝西的信，一边想，真是奇哉怪也，这个没受过教育的孤僻姑娘，在遣词造句和场景描绘方面竟会有如此天赋。你们听听她是怎么写的：

> 吃完饭以后，我们就坐下来一起聊天，一直到她们聊到B先生，我才走开。晌午的时候，我就是读读书，做做活计。大概六七点钟的时候，我走出来，到了家附近的一块公地上。那里有好些乡下姑娘们在牧放牛羊。她们坐在树荫

---

① 多萝西·奥斯本（1627—1695），英国作家，一等准男爵威廉·坦普尔之妻。
② 威廉·坦普尔爵士（Sir William Temple）（1628—1699），一等准男爵，英国政治家、外交家，其思想和散文风格对18世纪许多作家都有很大影响，尤其是乔纳森·斯威夫特（Jonathan Swift）。

下，嘴里唱着民谣。我走近她们身边，拿她们的音容笑貌和我曾经读到过的对古代牧羊女的描述做了个对比，结果发现她们二者其实完全不同。不过请相信我，她们和古代的牧羊女一样，都是那样的天真无邪。我和她们聊了起来，发现她们无欲也无求，却是这世界上最幸福的一群人，只不过她们自己没有意识到罢了。我跟她们聊天的时候，她们总是东瞅西瞧。一看见自己的母牛跑进了地里，她们就好像脚底抹了油一样，一溜烟儿地追过去。我不如她们跑得利索，就落到了后面。看见她们赶着牲口回家，我心想，我也该回去了。吃完晚饭，我出来到花园里，在小河边上坐了下来，我真想你就在我身边……

我敢跟你们打包票，她身上具备作家的潜质，但是，"我就算两个礼拜不睡觉，也不会做这种荒唐事"。我发现，哪怕是一个非常擅长写作的女人，也会说服自己相信写书是件荒唐事，甚至是一件会让人觉得自己神经错乱的事，我可以想见，女性在写作时要面对怎样的逼迫。接着，我把多萝西·奥斯本这一卷小小的书信集放回了书架，转而又拿起了贝恩夫人[①]的作品。

贝恩夫人的出现标志着一个重要的转折点。过去的那些贵妇们把自己幽禁在园子里，沉溺在自己的小文集当中，没有读者，也不见

[①] 阿芙拉·贝恩（Aphra Behn）（1640—1689），英国剧作家、诗人、翻译家、小说家，第一批以写作为生的英国女性之一，后世女性作家的文学榜样。

品评,纯粹只是为了自娱自乐。我们就把这些人抛诸脑后吧,我们现在到城里来,和普通人近距离地接触一下。贝恩夫人是一位中产阶级妇女,身上兼有平民百姓身上幽默、热情和勇敢的种种美德。丈夫离世,加上她个人的一些不幸遭遇,迫使她学会了靠自己的聪明才智谋生。她不得不像男人一样努力工作。她用自己的辛勤和汗水,挣足了维持自己生活的钱。而这一事实本身比她实际写过的任何一部作品都更加意义非凡,哪怕是《千般折磨万般苦》和《爱居奇胜中》这两首绝妙的诗歌都比不上。

自她而始,女性就走上了思想自由的道路,或者,更确切地说,随着时间的推移,女性终于能摆脱枷锁和桎梏,开始随心所欲地创作了。阿芙拉·贝恩做到了这一点,女孩儿们终于可以到她们的父母面前说,你们不必再给我零用钱了,我可以靠我这支笔挣钱了。当然,在很长的一段时间里,父母们的反应依然是老一套:什么?难不成你要像阿芙拉·贝恩那样生活吗!那还不如就死了拉倒!说完"砰"的一声摔门而去,而且摔得还会比以前更猛。说到这儿,一个很有意思的问题就出现了,男人对女人的贞节有多重视,以及这种贞节观念对妇女教育又有多大影响,这个话题值得我们好好探讨一下。要是格顿学院或纽纳姆学院里有哪位学生有意对此深入研究一番,说不定能写出一本妙趣横生的书来呢。要真能写出书来,其卷首的插图可以这样设计:达德利伯爵夫人身披钻石,端坐在蚊虫漫天的苏格兰荒原之上。

伯爵夫人与世长辞当天,《泰晤士报》曾这样评价达德利伯爵,说他"是一位有品位有教养,成就颇高的人物,既仁慈又慷慨,但却专制得让人摸不着头脑。即便是在苏格兰高地的最偏远的狩猎小屋里，他也坚持要他的妻子穿上最正式的服装；他还给妻子戴满了各种璀璨华丽的珠宝首饰"，诸如此类的话；"他把一切都给了她，就是为了不让她负一星半点儿的责任"。后来，达德利伯爵中风了，他的妻子一直悉心地照料他，而且帮助他打理产业，在这一过程中展现出了非凡的才能。你们看，这种古怪得让人摸不着头脑的专制到19世纪的时候还依然存在。

不过话说回来，阿芙拉·贝恩确实证明了一点，即写作是可以挣钱的，只不过可能要牺牲一些讨人喜欢的品质。所以，渐渐地，写作不再是疯狂和愚蠢的表现，而是具有重大的现实意义。丈夫可能会撒手人寰，家庭也有可能横遭变故。到了18世纪，数以百计的女人们已经开始通过做翻译或写些蹩脚小说，给自己挣点零花钱或是贴补家用了。她们写出了数不清的烂俗小说，甚至连教科书都已经不再收录了，不过在查令十字街①的廉价书摊上倒还能捡得到。18世纪末，女性在思想领域表现得极度活跃，她们发表谈话，举办聚会，评述莎士比亚，并译介经典作品；她们能做这些，都是因为一个铁一般的事实：女人可以靠笔杆子挣钱。拿不到钱，女人写作就是蠢不可及；拿得到钱，女人写作就变得光且荣哉了。人们大可继续讥诮她们是"心痒难耐、胡写乱画的女文人"，但无可否认的是，她们已经可以靠写作来充实自己的腰包了。所以，在18世纪末期就产生了一种变化，要是我来重写历史，我肯定会更加充分地记录下这种变化，并且赋予它相比

---

① 伦敦市中心的一条街道。

于十字军东征或玫瑰战争更为重大的意义。

中产阶级妇女开始写作了。如果说《傲慢与偏见》影响深远,说《米德尔马契》《维莱特》《呼啸山庄》也都意义非凡,那么,女性——不单指那些幽居于乡间小屋,沉醉于自己作品之中,被阿谀奉承之徒环伺其间的孤独的女贵族们,而更指一般意义上的女性——能提笔写作,就更是一件举足轻重的大事了。这件事的意义之大,远非我一个小时的演讲所能尽陈。若没有那些已被人们遗忘的诗人们驯服了语言天然的野性,为后人铺就出一条康庄大道,就不会有后来的乔叟,若没有乔叟,就不会有后来的马洛①,而没有马洛,就不会有后来的莎士比亚;同样,如果没有这些先驱女作家,就不会有后来的简·奥斯汀、勃朗特姐妹和乔治·艾略特。

伟大作品的诞生,从来都不是单一和孤立的,而是凝聚着普罗大众累世经年的共同求索而得的产物;群体的经验最后汇聚成了同一个声音,才造就成一部传世佳作。简·奥斯汀应该到范妮·伯尼的墓前敬献花圈,乔治·艾略特也应该向伊莱扎·卡特②这一充满活力的榜样致以敬意——这位果敢坚毅的老夫人在自己的床架子上绑了个铃铛,让自己每天能早点儿起床学习希腊文。所有的女人都应该在阿芙拉·贝恩的墓前献上鲜花;她被安葬在威斯敏斯特大教堂,这既让人觉得不可思议,却又实至名归。虽然她声名狼藉,恣情纵欲,但正是她为所有女性争取到了表达自己内心的权利,也正是她,才使得我

---

① 克里斯托弗·马洛(Christopher Marlowe)(1564—1593),英国伊丽莎白时代诗人,莎士比亚在英国戏剧中最重要的前辈,尤以建立戏剧无韵诗而闻名。
② 指伊丽莎白·卡特(Elizabeth Carter)(1717—1806),英国诗人,翻译家。

今晚能够不那么冒昧地对你们说：运用你们的才华，每年挣它五百英镑吧。

所以，我们现在进入了19世纪初期，也就是在这个时期，我才第一次发现，好几层书架上摆放的全都是女作家的作品。但是，在扫视这些书籍的时候，我禁不住问自己，为什么这些书，除了极个别的例外，都是小说呢？最原始的创作冲动，应该是作诗才对。"歌神"就是一位女诗人。不论是在法国，还是在英国，女诗人的出现都要早于女小说家。而且，看着那四位鼎鼎大名的女作家，我又想，乔治·艾略特跟艾米莉·勃朗特有什么共同之处呢？夏洛蒂·勃朗特不是根本没法理解简·奥斯汀吗？除了她们都没有儿女这一点还有可能把她们联系在一起，否则的话，根本不可能把这四位格格不入的女作家放到一间屋子里去。

也正是因此，才更让人忍不住想在她们之间创造一次会面机会，让她们彼此交谈。然而，出于某种不明力量的驱使，她们在创作的时候，都不约而同地写起了小说。我想，这难不成和她们中产阶级出身有关？还是说像稍晚期的艾米莉·戴维斯小姐①所竭力表明的那样，是因为19世纪初期的中产阶级家庭只有一间起居室的缘故呢？若女人要写作的话，只能移步到家里唯一的一间起居室里去。而且，就像南丁格尔小姐所强烈控诉的那样，"女人从来都没有哪怕半个小时的时间……可以让她们自由支配"。女人总是会被搅扰。不过，到底来

---

① 莎拉·艾米莉·戴维斯（Sarah Emily Davies）（1830—1921），英国争取妇女接受大学教育运动的先驱，剑桥大学格顿学院主要创始人。

说，在这种环境里，写散文和小说总归还是比写诗歌或剧本要来得容易些，不需要她们多么聚精会神就可以完成。简·奥斯汀就是这样，一辈子都在这种环境下进行创作。她的侄子在回忆录中如此写道："她能做到这一切实在让人惊叹。她没有一间能让自己单独待在里面的书房，大部分的作品都是在一家人共用的起居室里完成的，所以会受到各种各样不经意的打扰。她很小心，不想让佣人、访客或家里人之外的人看出她在写作。"①

简·奥斯汀会把她的手稿藏起来，或是拿吸墨纸把手稿盖起来。而且，19世纪初期，一个女人所能获致的唯一的文学训练，就是训练自己去观察人物，并分析别人的情绪。几百年的公共起居室文化的熏陶，造就了她非凡的感知能力。她体会着人们的种种情感，观察着眼前纷繁的人际关系。也因此，当这位中产阶级女性提笔创作的时候，自然而然地就写起了小说。

可话虽如此，还有一点其实也很明显，在我刚才提到的这四位女作家当中，有两位其实不是天生的小说家。艾米莉·勃朗特本应该去写诗剧的，而乔治·艾略特本应该顺应自己的创作冲动去写历史或传记，让自己开阔的心胸能尽情地奔放。可是，我想，她们最后还是去写小说了，不过反过来我又想，她们写的小说倒也还不错。说着，我便从书架上取下一本《傲慢与偏见》。不需要吹捧，也不必刺痛男人们的神经，照我说，《傲慢与偏见》就是一本好书。至少，我不会因

---

① 见她的侄子詹姆斯·爱德华·奥斯汀-利（James Edward Austen-Leigh）所著的《简·奥斯汀回忆录》。——作者注

为别人看到我在写《傲慢与偏见》而感到羞愧。

可是，当简·奥斯汀听到门的铰链吱呀作响的时候，她却很庆幸，因为这样她就可以在别人进门之前，把自己的手稿藏起来了。对简·奥斯汀来说，创作《傲慢与偏见》是一件很丢脸的事情。我想知道，如果简·奥斯汀自觉不必在客人面前对自己的手稿遮遮掩掩，《傲慢与偏见》这部小说会不会写得更好一些呢？我读了其中几页，想看看有没有头绪，可是我发现，没有任何迹象可以表明她的生活环境对她的小说创作造成了哪怕一丝一毫的损害。我想，这大概就是奇迹了吧，在1800年左右，我们能看到这样一个女人，她在创作的时候，心里没有仇恨，没有苦毒，没有恐惧，没有控诉，也没有说教。看着那本《安东尼与克里奥佩特拉》，我便心想，莎士比亚创作的时候就是这样的。当人们比较莎士比亚和简·奥斯汀时，他们可能想说，这两位作家都已经心如止水，了然通透了。而正是因此，我们才会对简·奥斯汀一无所知，对莎士比亚也一无所知；也正是因此，我们才能看到，简·奥斯汀所写下的每一个字里都有她自己的影子，莎士比亚作品也是一样的道理。

如果非要说简·奥斯汀的生存环境给她带来了什么无端之苦，那只能是说，生活强加给她的那片天地实在是太过狭小了。女人是不可能单独出门去的。她从来没有旅行过，从来没有坐公交车穿行于伦敦街头，也从来没有自己一个人在餐馆里吃过饭。但是，或许简·奥斯汀生来就不贪图自己得不到的东西，这也是有可能的。她的才华和她的境遇契合得天衣无缝。但是，我不知道夏洛蒂·勃朗特的情况是不是也是这样。这么想着，我翻开了《简·爱》，把它放在了《傲慢与偏见》一书的旁边。

翻到第十二章，我看到了这样一句话："谁乐意责备就责备我吧。"我觉得稀奇，他们责备夏洛蒂·勃朗特些什么呢？我又读到，费尔法克斯太太做果冻时，简·爱常常爬上屋顶，眺望远处的田野。每当那时，她就会心生渴望——没错了，别人责备的就是她的这种渴望：

> 我渴望拥有穷极千里的视野，能让我突破这一切局限，看看外面的大千世界，看看那些我从来只有耳闻、却未曾目睹过的繁华的城镇和地区。这时候，我渴望能拥有比目前更加丰富的人生阅历，渴望同更多志同道合的人交流，渴望结识更多秉性各异的朋友，而不是单单被局限在这片小天地里。我珍视费尔法克斯太太的善良，还有阿黛尔的纯真，但我也相信，这世上还存在其他许多更为鲜明的美德；我所认定的，我都渴望去身历目睹。
>
> 谁会责备我呢？反正，不少人都说我贪心不足。我能有什么办法呢，我天生就躁动不安，有时候，我也很为此而感到苦恼……
>
> 人应该甘于安宁平静的生活，这话说了也是枉然。人必须有所追求，就算找不到方向，也得有所行动。千百万人注定要在更甚于我的沉寂中消亡，也有千百万人在默默地反抗着自己的命运。没人知道在这芸芸众生之中，还有多少人在酝酿着这种斗争。男人总以为女人都安心恬淡，可女人也和

男人一样，有自己的感受，女人也和她们的弟兄们一样，需要锻炼自己的才能，需要有个地方来施展自己的才华。女人所受的约束太过严苛了，她们活得像一潭死水，换作男人，他们同样也会因这样的生活而痛苦万分的。男人们已经享尽特权，却还说女人就应该专事制作布丁、织补长袜、弹奏钢琴和镶花刺绣，这实在是心胸狭隘。女人想突破习俗强加于自己性别的束缚，多获得一些成就，多增长一些知识，要是男人为这个而谴责或嘲笑女人，那就未免太过鲁莽轻率了。

每当我这样独处的时候，我经常会听到格雷斯·普尔的笑声……

我想，这样的转折实在是别扭，冷不丁地冒出个格雷斯·普尔来，真是让人扫兴。行文的连贯就这样被打断了。我把书放回《傲慢与偏见》旁边的时候，心里又想着，能写出这样文字的女人，可能比简·奥斯汀还要有才华吧。可是，如果把她的书读完，留心一下字里行间的那种陡转突跃，那种愤愤不平，我们就能明白，她永远也不可能完全而彻底地向人们展现出自己的才华。她的作品是残缺而扭曲的，在写作时，本应沉心静气，但她却满腔怒火；本应明智练达，她却荒谬笨拙；本应凸显角色，她却自说自话。她是在和自己的命运作斗争，又如何能免得了狭隘和压抑，而不至于英年早逝呢？

一时之间，我不禁生出了这样一个念头，要是夏洛蒂·勃朗特每年能有比方说三百英镑的进项，那么情形又会如何呢？可惜啊，这个傻女人为了一千五百英镑，一次性地就让人把自己小说的版权给彻底买断了。要是她能对这个烟火人间多一些了解，对那些城镇和地区的繁华多一些认识；要是她能多一些人生阅历，多一些志同道合的朋友，多结识一些个性迥异的面孔，那结局是不是就会不一样了呢？她这几句话，不但恰如其分地道出了她自己作为小说家的软肋，更一针见血地指出了那个年代所有女人的通病。她比任何人都更清楚，如果她不是在孤独中眺望远处的田野，以此来消磨自己的天赋，而是有机会去经历生活、与人交流、四处旅行，那么她的才华所能带给她的益处就将会是不可限量的。但是她却做不到，她没有这样的机会。我们必须接受这样的一个事实，《维莱特》《爱玛》《呼啸山庄》《米德尔马契》，所有这些优秀的小说作品，都是由那些不谙世事、最多去过体面的牧师家里做过客的女人们写出来的，都是在体面人家的共用起居室里完成的。这些女人穷到如此地步，以致连写《呼啸山庄》或是《简·爱》的稿纸都买不来几沓。

不过，这些人中确实有那么一位，即乔治·艾略特，在历经磨难以后，倒是摆脱了这种穷困潦倒的境地，但她也只是隐居在圣约翰伍德的一处人迹罕至的别墅里。可即便是隐居在那儿，她也仍旧摆脱不了世人对她的非议。她曾写道："希望你们能够理解，没有受到邀请的人，我是不会让他们来见我的。"这不就是因为她和有妇之夫有染吗？要是史密斯太太或是随便哪个谁偶然来访，她看人家一眼，那岂不是污了人家的一世清白吗？她就得服从社会的传统，"自绝于所谓尘世"。与此同时，在欧洲的另一边，却有一位青年，他不是与这个吉普赛女郎厮混，就是与那位贵族小姐勾搭，又跑去参加战争，随心所欲、无拘无束地经历着人世间的种种，等到他后来写书的时候，这些经历就给了他莫大的助益。要是托尔斯泰①也和某个"自绝于所谓尘世"的有夫之妇隐居于修道院之中,那么我想,不论他在道德上得到了怎样的熏陶,他都很难写得出《战争与和平》这部小说。

但是,就小说创作与性别对小说家的影响这个问题,我或许可以再稍微深入地谈一谈。如果闭上眼睛,将小说作为一个整体来考虑,我会说,小说创作是一种创造性活动,但同时,这种创造性活动也影射着现实生活。当然了,这种影射是经过了无数的简化和失真才得来的。但无论如何,小说都是一种建构,会在人的脑海中形成一定的构造,这种构造有时是方形的,有时是宝塔形的,有时表现为伸出来的厢房和拱廊,有时又表现为君士坦丁堡②的圣索菲亚大教堂③坚固的穹顶。回想一些著名的小说,我又觉得,这种构造能在人的内心中激起与之相合拍的情感。但是这种情感立即就会同其他情感掺杂在一起,因为这种"构造"并不是利用砖石的堆砌,而是通过人与人之间的互动建立起来的。

因此,小说能在我们内心当中激起各式各样矛盾和对立的情感。与生活相矛盾的是生活以外的事物。所以,我们才很难在小说的问题上达成一致,我们自己的成见才会对我们产生如此巨大的影响。一方面,我们会觉得,你——小说的主人公约翰——必须得活下来,不然

---

① 列夫·尼古拉耶维奇·托尔斯泰伯爵(Count Lev Nikolayevich Tolstoy)(1828—1910),俄罗斯作家,现实主义小说大师,世界上最伟大的小说家之一。
② 即今伊斯坦布尔,土耳其港口城市。
③ 位于现今土耳其伊斯坦布尔,有近一千五百年的历史,因巨大的圆顶而闻名于世,是一幢拜占庭式建筑。

的话，我会很绝望；可从另一方面而言，可怜的约翰，你又必须得死，因为小说的构造就是这样要求的。与生活相矛盾的是生活以外的事物。既然小说部分地影射了现实生活，我们就会把小说当成现实生活去评判它。有人会说，我最讨厌詹姆斯这种货色了，或者会说，这写的都是一堆什么乱七八糟的东西。我自己从来都没有过这种感觉。你回想一下任何一部小说，其结论都很明显，小说的整体建构是无限复杂的，因为其中结合了许多不同的价值判断，还融合了许多不同的主观情感。而令人惊奇的是，如此包罗万象的小说却能组织得天衣无缝，而且还能经久不衰，不论是俄国读者还是中国读者，他们的阅读感受同英国读者的感受相比也几乎相差无几。像这样浑然天成的小说确实存在，不过实属罕见，而在这些不可多得的传世佳作当中（我想到了《战争与和平》），真正能将各种不同的价值判断和主观情感熔于一炉的东西，我称其为"诚实"。

不过，这种诚实和人不赖账或是危急情况下也保持举止得体这类事情毫无关系；我说的诚实，是小说家的诚实，是指他能让我相信这就是真实。人会觉得，没错，我从来就没想过事情会是这样，可你让我信服了，事情就是这样发生了；我从来没想到人还会这样做，可你让我信服了，人就是这么做了。那好吧，就这么着吧。人读书的时候，会把书里的每一句话、每一个场景都放到内心的明灯之下端详。奇怪的是，大自然似乎在我们每个人的心里都安置了一盏灯，靠着这盏灯，我们可以判断一个小说家是诚实抑或是虚伪的。也有可能是大自然一时兴起，就用隐形的墨水在心灵的四壁上描绘了一种预感，而这些伟大的艺术家们则证实了这种预感；只需天才之火那一照，隐秘的墨迹便展露无遗了。当人将这隐秘暴露出来，看着它跃然纸上，呼之欲出的时候，他必然会大喜若狂，拍案叫绝。可这却正是我日思夜想，朝夕相伴，向来所切盼的！人们会感到心潮澎湃，甚至怀着某种敬畏之心掩卷而起，奉若圭臬般地把书放回到书架上，仿佛那是他有生之年都要时时把玩的稀世珍宝。

我一边这样想，一边拿起了《战争与和平》，把它放回了原处。换个角度来说，如果你阅读和品鉴的是一些充斥着艳俗色彩和矫情姿态的蹩脚文字，它们激起了你热切的渴望，之后却又戛然而止，就好像有什么东西阻碍了它们充分展开；又或者这些文字不过是有气无力的浮皮潦草，这里添一笔，那里涂一团，写出来的东西零零散散，残缺不全，那你只能喟然一声长叹，大失所望地说：又是一部败絮之作啊，这小说在某些方面出了问题。

当然，大部分小说都存在着某些方面的问题。在千斤重担之下，想象力萎靡不振，洞察力也迟钝了，辨不清真假，再没有力量从事这种每时每刻都要调动各种不同才能的艰苦劳动了。但是，看着桌上摆放的《简·爱》和其他小说，我好奇地想，小说家的性别又会对这一切产生怎样的影响呢？我认为诚实是作家的立身之本，可问题是，女性小说家的性别会不会损害她的诚实呢？这里，在我摘引的《简·爱》的段落中，愤怒很明显正危及小说家夏洛蒂·勃朗特的诚实。她本应把她的全部心血都倾注于她的故事中，可她却顾影自怜了起来。

她想到自己缺乏应有的经验，她想自由自在地周游世界，却又只能把自己困在牧师家里补袜子。这种想象力骤然间就化作了愤慨，我们也能感受到这种变化。但是，除了愤怒之外，还有很多其他的因素，比如无知，正干扰着她的想象力。罗切斯特先生的形象是阴暗的。我们能体会到其中的恐惧，同样也能不断地感受到那种由压抑而产生的尖酸刻薄，那种埋藏在她激情之下的苦痛煎熬，那种泛滥于她作品中的深仇大恨。她的小说固然引人入胜，却总是伴随着一阵阵痛苦的痉挛。

小说与现实生活具有这样的契合性，因此，在一定程度上，小说的价值观也就是现实生活的价值观。但显然，女性的价值观往往有别于男性所制定的价值观，这是自然的。不过，占据主导地位的还是男性价值观。大致来说，足球和体育运动都是"大事"，而崇尚时髦、添置衣物都是"琐事"。这样的价值观无可避免地会从现实生活反映到小说创作中。评论家们会说，因为涉及了战争，所以这本书意义深远；而因为谈论的是客厅里女人们的感受，所以那本书无足轻重。沙场烽烟自是比商场熙攘更有分量；这种价值观的差异随处可见，而且往往表现得更加微妙。

因此，在19世纪初期，女性作家小说的整体建构受到了一种略显偏颇的思想的影响，她们抛弃了自己的清醒认识，转而向外在的权威屈服。只要浏览一下那些被人遗忘的旧小说，感受一下字里行间作者的腔调，就能看出作者是受了批评。她一会儿这样说，一会儿又那样说，不是出于挑衅，就是为了缓和。她一会儿承认自己"不过是一介女流"，一会儿又说自己"和男人一样优秀"。她应付这些批评，有时温良恭顺，有时又桀骜不驯，全随着自己的性子来。问题不在于她如何回应别人对她的批评，而在于她所考虑的根本就不是批评本身。

她的作品生硬,从骨子里就有缺陷。我觉得,所有女性作家创作的小说,都像又小又烂的苹果散落在果园里一样,流落在伦敦的各个二手书店里,从根上来的缺陷就使得它们全都烂掉了。为了迎合别人的意见,它们的作者转变了自己的价值观。

可是,要她们既不偏左也不偏右,那也绝对做不到。她们要具备怎样的天才,怎样的诚实,才能做到在那样一个纯粹的男权社会里,在面对那样可怕的批评时,还能坚守自己的立场而毫不退缩呢?只有简·奥斯汀和艾米莉·勃朗特做到了这点,这将会是镶嵌在她们艺术桂冠上的又一颗明珠,或许也是最为光辉璀璨的那一颗。她们以女性的方式,而非以男性的方式在创作。在那个年代,有成百上千的女人在写小说,那些好为人师之徒没完没了地老调重弹——你得这么写,你得那么想;只有她们两个,敢于彻底无视这些人的教条。总有人对着女作家们喋喋不休,时而牢骚满腹,时而自诩清高,时而盛气凌人,时而感伤哀痛,时而大惊小怪,时而气急败坏,时而慈眉善目,总而言之,他们就是要搅得这些女作家们片刻不得安宁,就是要处处针对她们;但也只有她们两个,敢于对这些声音置若罔闻。这些人就像尽职尽责的家庭教师,告诫她们要像埃杰顿·布里吉斯准男爵那样温文儒雅;批判诗歌的时候,甚至把性别也连带批判了一番。①

这些人还训诫她们说,如果她们想要脱颖而出,功成名就——我

---

① "(她)痴迷于玄学派诗歌,对女人而言,这种痴迷尤其危险,很少有女人能像男人一样明智而合理地钻研修辞学。女人在这方面的缺乏确实很奇怪,毕竟,她们在其他事情上往往都更原始,也更物质。"——《新标准》(1928年6月)。——作者注

猜他们的意思就是得个什么炫目的奖项——那就必须循规蹈矩，在那位先生给她们划定的范围内谨慎行事——"……女性小说家唯有勇敢地承认她们性别的局限，才能追求卓越"。①这话可真是一语中的，点出了问题所在。我要是告诉你们，这话不是1828年8月写的，而是1928年8月写的，你们肯定要大吃一惊吧。我想你们也会同意，不论这话在我们今天看来有多么可笑，它都代表了一大部分人的看法，只不过这种看法在一个世纪前比现在更流行，更深入人心罢了。我并不是在翻旧账，我只是把浮现在我脑海里的想法说出来而已。在1828年，年轻的女性需要具备异常坚定的意志，才能抵挡得了所有的冷落、斥责与诱惑。她肯定会像个叛乱煽动者一样对自己说，唉，他们总不能把文学也收买了吧。文学对所有人都一视同仁，就算你是个什么礼官，我也绝不允许你把我赶出这片草地。图书馆的大门，你爱锁不锁，可我的思想是自由的，连一扇大门、一把锁、一根闩子，你都别想施加于其上。

可是，不论这些挫折与批判对她们的创作产生了多大影响——我认为影响大得很——跟她们所面临的另一大困境相比（我现在还是在讨论19世纪初期的小说家们），这些影响都显得无足轻重了。她们在将自己的思想付诸纸笔的时候才发现，自己身后没有传统可供依循，或者说，她们所能依循的传统太过年轻，太过片面，于她们而言了无助益。

---

① "要是你也和那个记者一样，认为女性小说家唯有勇敢地承认她们性别的局限才能追求卓越，简·奥斯汀（已经）向你展示了，她是如何优雅从容地做到了这一点。"——《生平与书信》（1928年8月）。

我们是女人，自然只能通过我们的母辈来追溯往事。你大可以从伟大的男性作家身上得到极大的乐趣，但要想从他们身上得到在这方面的助益，却实属徒劳。兰姆、布朗①、萨克雷、纽曼②、斯特恩③、狄更斯④、德·昆西⑤，不论是谁，尽管可以从他们身上学到一些写作的技巧，并在自己的创作中加以运用，但女作家从来都没有得到过他们真正的帮助。

男性思想的分量、节奏和幅度都和她自己相去甚远，她很难从中获得实质性的益处，搞不好还会变成东施效颦，不伦不类。当提笔创作时，她首先意识到的可能就是，自己连一句现成的通用句式都找不到。所有伟大的小说家，比如萨克雷、狄更斯和巴尔扎克⑥，行文都非常晓畅自然，文章行云流水却又井井有条，富于表现力却又不矫揉

---

① 托马斯·布朗爵士（Sir Thomas Browne）（1605—1682），英国作家。
② 圣约翰·亨利·纽曼（St. John Henry Newman）（1801—1890），英国神学家，诗人，最初是英国圣公会牧师，后成为罗马天主教神父、红衣主教，2019年被罗马天主教会册封为圣徒。
③ 劳伦斯·斯特恩（Laurence Sterne）（1713—1768），爱尔兰裔英国小说家，幽默作家。
④ 查尔斯·约翰·霍芬·狄更斯（Charles John Huffam Dickens）（1812—1870），英国小说家，通常被认为是维多利亚时代最伟大的小说家。代表作：《双城记》《远大前程》等。
⑤ 托马斯·德·昆西（Thomas de Quincey）（1786—1859），英国散文家，评论家。
⑥ 奥诺雷·德·巴尔扎克（Honoré de Balzac）（1799—1850），法国小说家，剧作家，文学艺术家，确立了小说的传统形式，被普遍认为是有史以来最伟大的小说家之一。代表作《人间喜剧》，全景式展现了后拿破仑时代法国社会生活的全貌。

造作，个性鲜明却又有相通之处。他们在写作时采用的是当时流行的句子，而19世纪初期流行的句子大体上都是这样的："他们的作品雄奇壮美，论证贯彻始终，绝无半途而废之笔。再没有比操练自己的艺术才能、不断创造真与美更能令他们振奋满足的事情了。成功催人奋进，而习惯则使人成功。"这是男性的句子，从这些句子中我们能看到约翰逊、吉本①以及其他作家的影子。但女性并不适合于这类句子。纵使文采超卓如夏洛蒂·勃朗特，手持如此不便的工具，也难免跌跌撞撞，扑倒在地。乔治·艾略特也因此极大地戕害了自己的作品。简·奥斯汀面对这样的现状，一番嘲讽之后，转身为自己设计了一套非常自然、优美匀称的句子，并且终身沿用不辍。

因而，她虽不如夏洛蒂·勃朗特那样有才，却在表达上出色得多。成熟而自由的表达，是写作这门技艺的精髓所在。因此，传统的缺失以及写作工具的匮乏与不足，必定会对女性的文学创作产生重大的影响。况且，小说创作不只是句子的罗列连缀这么简单，形象一点来说，写作就是要用句子构筑出拱廊和穹顶。而即便是这样的构造，同样也是男人出于自身的需要，为了自己使用而设计出来的。我们没有理由认为叙事诗或诗剧的形式比这些句子更适合女性创作。在女性开始进行文学创作的年代，所有传统的文学形式都已经稳固下来，并得以定型了。唯有小说尚属年轻，在女性作家手中还具备一定的可塑性，这大概也是女性选择创作小说的又一原因。

---

① 爱德华·吉本（Edward Gibbon）（1737—1794），皇家学院院士，英国理性主义历史学家，学者，作家，国会议员。代表作《罗马帝国衰亡史》，叙述了从公元2世纪到君士坦丁堡陷落期间的历史。

可是，即便是现在，又有谁能断定"小说"（我在此加了引号，因为我觉得这么说不恰当），所有文学体裁中最为灵活的一种，就真的最适合女性作家创作呢？如果能自由地施展自己的才华，那她无疑能够按自己的心意来雕琢这种体裁，创造出某种新的表达手法，不一定用韵文，也能挥洒自己内心的诗情。可是现在还没有渠道可以让她内心的诗情宣泄出来。接着我又想，今天的女作家要是想创作一部诗体五幕悲剧，她又会怎么写呢？她会用韵文来写吗？还是宁可用散文来写呢？

不过，这些都是顶难回答的问题，只能留待以后来慢慢揭晓了。我必须放下这些问题，至于原因嘛，不过是因为这些问题激得我偏离了正题，害我掉进迷茫森林里走投无路，不但可能会迷路，还很可能会被野兽吃掉。我可不想提起这个惨淡凄凉的话头，跟你们聊什么小说的未来；我相信你们也不想让我这么做。我只会在这儿耽误片刻的工夫提醒你们：女性作家的物质生活条件必将对小说的未来发展产生十分重要的影响。书本总要和体格相匹配才好，我甚至可以冒昧地说，女作家写的书理应比男作家的作品篇幅更短，结构更紧凑，这样的话，她们不需要长时间不受打扰地伏案写作，也能将其很好地完成。干扰是无法避免的。

再者，男性和女性的脑神经构造似乎也有不同，要想让神经系统发挥最大效用供养大脑，就必须找到最适合的方法来调动它们。比如说，现在这种花几个小时开讲座的方法，大概是几百年前的僧侣们想出来的，而这种方法适不适合于女性的神经，你得去琢磨。你要知道脑神经怎样才能做到劳逸结合，休息也不是说无所事事，而是去做点什么不同的事情；至于什么是不同的事情，也是你的问题。所有这些，全都需要我们去探讨和发现，也全都属于女性和小说这个问题的一部分。然而，再次走近书架时，我又在想，我上哪儿才能找得到出自女性之笔的，对女性心理的详尽研究呢？如果说因为女人不会踢足球，就不允许她们行医的话——

还好，我的思绪又转到别处去了。

第五章

漫无目的地闲谈了这许久,我终于来到了摆放着当代作家作品的书架前。这些书的作者有男也有女;现在来看,女性写的书几乎和男性一样多。也可能我的判断有些欠妥,男性写起书来可能依旧更为得心应手,但有一件事绝对可以肯定:女性已经不再只是单纯地写小说了,书架上摆放着简·哈里森的希腊考古学、弗农·李①的美学,还有格特鲁德·贝尔②的古波斯研究。

书架上的这些书,涉及的主题各种各样,都是上一代女性所无法触及的领域,有诗歌、戏剧和文学评论,有历史和传记,有游记、学术专著和研究报告,甚至还有一些哲学、科学和经济学的作品。尽管小说还是占了多数,但其本身与其他文学体裁发生了关联,且已经产生了很大的变化。或许自然朴素的文风随着女性写作的艰苦岁月一道,早已一去不复返了。大量的阅读和文学批评开拓了女作家的视野,使其更能体察入微。女作家不再痴迷于自传体文学,开始将写作当成一门艺术,而非一种自我表达的方法。从这些新式小说中,我或

---

① 弗农·李(1856—1935),原名维奥莱特·佩吉特(Violet Paget),英国散文家、小说家,以其超自然小说及美学作品著称。
② 格特鲁德·贝尔(1868—1926),全名格特鲁德·玛格丽特·洛蒂斯安·贝尔(Gertrude Margaret Lowthian Bell),英国政治家、旅行家和作家,对哈希米特王朝在巴格达的建立起到了重要作用。

许可以寻得这些问题的答案也不一定。

我随意取下一本——这是一本放在架子最边上的书——书名叫作《冒险生涯》还是什么来着的书,其作者是玛丽·卡迈克尔,今年十月份才刚刚出版①。我自言自语说,这本书好像是她的处女作,但是读这本书的时候,我必须把它当作我之前读过的所有书——温切尔西伯爵夫人的诗歌、阿芙拉·贝恩的戏剧以及那四位伟大小说家的小说——的续集,就好像它是相当长一系列书的最后一卷。尽管我们习惯于对每一本书都分别加以评断,但书与书之间却是承续接连的。我也必须把她——这位陌生的女人——当作之前的那些女性的后继者;我对她们所有人的情况都做了了解,我想看看,她从这些人的性格和局限中都承袭了些什么。小说往往像止痛药一样让人昏昏欲睡,而不是像解毒剂一样,用滚烫的烙铁让人为之一振。我长叹一声,坐了下来,手里拿着纸和笔,想看看能不能从玛丽·卡迈克尔的处女作《冒险生涯》中读出些什么。

我首先翻开书中的一页,并上下扫视了一番,心想,我得先看看她句子写得如何,再去管谁的眼睛是蓝色还是棕色、罗杰和克洛伊之间又是什么关系;会有时间来让我厘清这些问题的,在那之前,我得先弄明白她手里拿的是根如椽大笔还是尖嘴小镐。我试着念了一两句,不一会儿,就明显感觉到哪里不太对劲;句与句之间的顺畅衔接被打断了,字里行间有一种撕裂与破碎之感,时不时会有几个字眼迸出光来,刺入我的眼睛。就像过去的戏词儿里所说,她把自己完

---

① 书名及人名均为作者虚构,参见本书第一章。

全"放开"了,我觉得她就像是在划一根没法点燃的火柴。可是为什么呢?我这样问她,仿佛她就在我眼前。简·奥斯汀的句子你用不惯吗?就因为爱玛①和伍德豪斯先生②都死了,你就要把这些就废弃掉吗?我叹息一声,事情看来确是如此。

  简·奥斯汀的作品也会变换腔调,正如莫扎特的每一首曲子都各具魅力,她的每一次变换也都别具韵味。可是这个人,读她的这些文字时,我却感觉自己像坐着敞篷的小船出海一样,忽地一下颠上去,忽地一下又掉下来。她兴许是在害怕些什么,可能是怕别人说她"多愁善感",才写得这么简短生硬,这么上气不接下气;要么是她想起来人们一向以为女性的作品华而不实、徒有其表,所以才会想要这样画蛇添足,弄巧成拙。可是,直等到我仔细读完了书中的一段情节,我还是没能搞清楚她这是别具一格,还是鹦鹉学舌。仔细读过以后,我想,至少她还没有到让我读不下去的地步。但是,她在书中堆砌了太多的事实,照这本书的体量来看(这本书的篇幅大概是《简·爱》的一半),她连这些事实的一半都用不到。可是,不知道是用了什么法子,她竟然成功地把我们这一帮子人——罗杰、克洛伊、奥利维亚、托尼和比格姆先生——都塞进一条逆流而上的独木舟里了。但是且慢,我靠在椅子上,心说道,在接着往下进行之前,我必须得更加

---

① 爱玛·伍德豪斯(Emma Woodhouse),简·奥斯汀1815年出版的小说《爱玛》中的主人公,简·奥斯汀曾评价其为"除了我自己,没人会喜欢的女主角"。
② 亨利·伍德豪斯先生(Mr. Henry Woodhouse),简·奥斯汀1815年出版的小说《爱玛》中的中心人物,主人公爱玛·伍德豪斯的父亲,一位拥有大片乡村地产的富裕的英国乡绅。

慎重地把整个事情通盘考虑一下。

我对自己说，我几乎可以肯定，玛丽·卡迈克尔是在捉弄我们。我的感觉就像坐在一列行驶在之字形铁路的火车上，我以为火车会下坡，没承想它却又上坡了。先前她是把句子给拆散了，现在她又把叙事的顺序给打乱了。玛丽在随意地改动预期的叙事次序。这是件好事，只要不是为了破坏而篡改，而是为了创新而突破，那她自然有充分的权利做出这两样变动。只不过，她到底是为了破坏而篡改，还是为了创新而突破，这一点我倒是还没法确定，除非她能制造出一定的矛盾冲突来给自己解释一下。

我想，我会给她完全的自由，随她选择制造什么样的冲突，要是她愿意，就算用锡罐或者旧茶壶来制造戏剧冲突都是可以的，但是，她必须得能让我相信，她认为那就是一场戏剧冲突。既然把它制造了出来，那她就必须得去面对它，且投入于其中。如果她能对我尽到她作为作者的责任，那我也决心对她尽到我作为读者的责任，于是，我便翻开下一页，继续读了下去……啊抱歉，我这么突然就打住了。今天没有男同胞在场吗？你们能保证查尔斯·拜伦爵士没有藏在那边的红帘子后面吗？你们能肯定在场的都是女人吗？好吧，那我可以接着跟你们讲了，我在后面读到的是这样的一句话："克洛伊喜欢奥利维亚……"哦，别这样，别脸红嘛，大家都是女人，承认这一点也无妨。这种事情有时候会发生，女人有时候确实会喜欢女人。

读到"克洛伊喜欢奥利维亚"这句话时，我突然间意识到，这中间暗含了多么巨大的转变。克洛伊喜欢奥利维亚，这可能是有文学史以来的头一遭。克里奥佩特拉可不喜欢奥克塔维亚①，不然的话，《安东尼与克里奥佩特拉》真不知道会变成怎样一副截然不同的面目呢！我的心思稍微偏离了《冒险生涯》，有点儿心不在焉地想，实际上，这整个故事已经被人做了荒唐的简单化和类型化处理，而且恐怕这一点还没人敢说出来。克里奥佩特拉对奥利维亚的唯一的感情就是嫉妒：她是不是比我高？她的头发怎么做的？可能这部戏并不想就此而多费笔墨，但是，如果这两个女人之间的关系能再复杂一些的话，那这出戏该会变得多么精彩啊。

　　我快速地回忆了一下小说中那些璀璨夺目的女性形象，心想，人们对女人之间所有的这类关系，都描绘得太过简单了；他们遗漏了太多，没有尝试的东西也太多。我试着回忆自己读过的书里有没有出现过两个女人作为朋友的情况，然后就想起来，《十字路口的狄安娜》②这本书里曾做过这样的尝试。当然，在拉辛笔下和希腊悲剧中，两个女人也可以是知己。她们有时是母亲，有时是女儿，但几乎毫无例外的是，她们的形象都是通过其与男人之间的关系来展现的。直到简·奥斯汀时代之前，小说中所有伟大的女性形象不仅全都由男性来刻画，而且也完全是通过其与男性的关系来进行刻画的，想来这也真是件咄咄怪事。那只不过是女性生命中的极其细微的一些片段，而男性带着性别观念的有色眼镜来观察这些细微的片段时，也根本了

---

① 奥克塔维亚（前69—前11），别名小奥克塔维亚，屋大维（Octavian）（即后来的奥古斯都皇帝）的妹妹，马克·安东尼的妻子。
② 乔治·梅瑞狄斯（George Meredith）的小说，出版于1885年，讲述了一个聪明而坚强的女人受困于悲惨婚姻的故事。

解不到任何东西。可能也正是因此，才造就了小说中的女性的奇异特点，她们要么秀色可餐，要么面目可憎，一会儿无比善良，一会儿又穷凶极恶，全看情人对她们的爱意是浓是淡，是两情相悦，还是郁郁寡欢。

当然，在19世纪的小说家身上，情形已经有所不同了，他们笔下的女性变得更加多样，也更加复杂。诗剧奔放恣肆，难以描摹女性，而对女性进行刻画的渴望，很可能在一定程度上迫使男性摒弃了这种文学形式，并转而采用小说这种更为适用的载体。话虽如此，但哪怕是在普鲁斯特[①]的作品中，我们也仍然能明显地感受到，男人对女人的了解局限颇多，也十分偏颇，与女人对男人的了解相差无几。

而且，我又看了一眼那一页的内容，心想，有一点越来越明显了，那就是，女人和男人一样，除了日复一日的家庭生活，也对其他事情感兴趣。"克洛伊喜欢奥利维亚，她们俩共用一间实验室……"

我继续往下读，发现这两位年轻女士正忙着切动物肝脏，那好像是治疗恶性贫血的一个方子。她们俩其中一个已经结了婚，而且还生了——我想我说的是对的——两个孩子。当然，这些都要被略去才行，可这样一来，小说中光彩照人的女性形象就显得太平淡无奇、太单调乏味了。打个比方，假如文学作品中的男性仅仅作为女性的情人形象出现，且从不与其他男性交友，也做不成军人、思想家和梦想家，那莎士比亚的戏剧中能指派给他们的角色岂不是寥寥无几，而文

[①] 马塞尔·普鲁斯特（Marcel Proust）（1871—1922），法国小说家，著有《追忆似水年华》，这是一部基于普鲁斯特生平的七卷本小说，以心理学和寓言的方式讲述了普鲁斯特的一生。

学的宝库亦将蒙受不赀之损！我们兴许能保住奥赛罗①的全貌，使安东尼幸免于难，可我们却会失去恺撒②、布鲁图斯③、哈姆雷特④、李尔王、杰奎斯⑤……文学将贫乏到令人难以置信的地步；而事实上，由于将女性拒之门外，文学的贫乏程度已经超乎了我们的想象。身不由己地嫁了人，被困在一间屋子里，每天做着同一件事情，这样的女人，剧作家如何能充分、生动而又真实地对其加以描绘呢？爱情成了诠释这些女人唯一可能的途径。诗人不得不表现出情意绵绵或是苦涩彷徨的姿态，除非他真的要"仇视女性"，而这种仇视往往意味着他对女性而言毫无吸引力。

如果克洛伊喜欢奥利维亚，而且她们还共用一间实验室，那么这件事本身就足以令她们的友谊更加多姿多彩，使她们的情谊天长地久。因为这样一来，就不是针对谁不针对谁的问题了。如果玛丽·卡迈克尔知道该怎么写——我已经开始有些喜欢上她的写作风格了，如

---

① 莎士比亚的一部悲剧作品，故事围绕威尼斯军队中的摩尔人将军奥赛罗及其奸诈的少尉伊阿古展开。

② 盖乌斯·尤利乌斯·恺撒（Gaius Julius Caesar）（前100—前44），莎士比亚戏剧《尤利乌斯·恺撒》的主人公，罗马独裁者、政治家和军事将领，在罗马共和国灭亡和罗马帝国崛起等一系列事件中发挥了关键作用。

③ 马库斯·尤尼乌斯·布鲁图斯（Marcus Junius Brutus）（前85—前42），阴谋刺杀恺撒的领导人之一，其父为庞培大帝（Pompey the Great）所害，其母塞薇莉娅（Servilia）后来做了恺撒的情妇。

④ 莎士比亚的一部悲剧作品，该剧讲述了丹麦王子哈姆雷特向其叔父克劳迪亚斯（Claudius）复仇的故事，其叔父为了夺取王位，杀害了哈姆雷特的父亲，并霸占了哈姆雷特的母亲。

⑤ 莎士比亚喜剧作品《皆大欢喜》中的人物。

果她有一间属于她自己的房间——这个我还不大清楚,如果她自己每年能有五百英镑的收入——这一点却还有待证实,如果是这样的话,我想,她在这里所做的,就是一件具有非凡意义的大事了。

因为如果克洛伊喜欢奥利维亚,而玛丽·卡迈克尔也知道该如何将这种喜爱展现出来,那么,她就是在用自己的作品这把火,照出了一片从来都无人踏足的广阔领域,忽明忽暗,扑朔迷离,如同蜿蜒曲折的洞穴,人们举着蜡烛行走其间,上下摸索,并不知前路如何。我重又读起这本书来,读到克洛伊怎么看着奥利维亚把广口瓶放到架子上,怎么听见奥利维亚对她说,是时候回家看孩子了。我惊叹一声,这可真是创世以来都未曾有过的情景啊。我也在好奇地观望着这一幕情景。因为我想知道,玛丽·卡迈克尔会如何用她的笔,去捕捉那些从未有人描写过的姿态,那些欲说还休或是有头无尾的言语;当女人们单独在一处的时候,这一切才会显现出来,而且就像天花板上飞蛾的影子一样,如果不是用男人那反复无常、想当然耳的眼光,便难以察觉出其端倪。

我一边往下读一边想,她要是真想这么做,那就得屏住呼吸,小心翼翼了。女人对于任何不带有明确动机的关注之举,都会表现出极大的怀疑,因为她们太习惯于隐藏和压抑自己了,以至于要是有人朝她们的方向留心看一眼,她们也马上就会闪躲开来。"我觉得吧,你最好啊,顾左右而言他,"我这样对玛丽·卡迈克尔说,好像她就在我身边一般,"一边凝视窗外,一边用最简便的速记法,用简写的单词记下奥利维亚——这一条在巨石的阴翳下蛰伏了百万年的生灵——感觉到明光照在自己身上,看到面前递过来了一份陌生的食物——那便是知识、奇遇与艺术——之时会发生些什么。"我再次把目光从书页上移开，心想，她伸手把这食物接过来，还得要用她的才智——其才智已高度发达，足可用于其他目的——将其完全重组成一副崭新的面貌，好叫在把新酒被装进旧皮袋的同时，还不至于打破原有的无限错综复杂且精细周密的整体平衡。

可是，唉，我到底还是做了自己决意不做的事情，不假思索地盛赞起女性来了。无可否认，"高度发达""无限错综复杂"这种话，都是赞美之辞，而赞美自己的同性，向来都会令人起疑，往往还十分愚蠢。更何况，现在这种情形，我又该如何为自己的这种做法开脱呢？我总不能指着个地图说，哥伦布是发现了新大陆，可哥伦布是个女的；也总不能手里攥个苹果说，牛顿是发现了万有引力定律，可牛顿也是个女的；总不能抬头看天说，你看头顶上飞的飞机，那也是女人发明的。墙上没有可以用来精确测量妇女身高的刻度标记，也没有一个经过准确划分的尺度，可以用来衡量母亲的慈祥、女儿的孝顺、姐妹的忠贞或是主妇的干练。即使现在，也鲜少有女性在大学里能参与评级。她们几乎从未在陆军和海军、贸易、政治与外交等领域里经受重大的磨炼。甚至到目前为止，她们几乎都还是编外人士，无籍可循。

可是，举个例子来说，如果我想知道人们对霍利·巴茨爵士有哪些了解，我只需要打开一本《伯克贵族名谱》[①]或《德布雷特英国贵

[①] 由约翰·伯克（John Burke）于1826年创建于伦敦，现已成为英国的贵族、准男爵、骑士、乡绅，爱尔兰与英联邦的世家大族，欧洲与拉丁美洲的帝室皇族、属地家族，美国的总统家族、名门望族，非洲与中东的统治家族以及世界其他地区的显赫家族的系谱学和纹章学的权威指南。

族年鉴》①，就可以看到他获得过的这样或那样的学位，拥有的一座府邸，有一位继承人，当过理事会秘书，任过大不列颠派驻加拿大代表，还获得过一定数量的其他学位、职务、勋章和荣誉，这一切的功绩在他身上留下了不可磨灭的印记，除了上苍，恐怕没人对霍利·巴茨爵士了解得更多了。

所以，我是说了女性"高度发达""无限错综复杂"，但不论是从《惠特克年鉴》②《德布雷特英国贵族年鉴》，还是大学的年鉴中，我都无法证实自己的言论。面对如此窘境，我该怎么办才好呢？我又看了一眼书架，上面摆放着一些传记，其中就包括约翰逊、歌德、卡莱尔、斯特恩、考珀③、雪莱④、伏尔泰⑤、布朗宁和其他的许多人的传记。我开始琢磨起这些伟人来，他们出于这样或那样的原因，仰慕女人、追求女人、与女人同住、同女人做爱、描绘女人、信任女人，并且对特定的女性表现出只能算是某种需要或是依赖的姿态，我不能

---

① 由约翰·德布雷特（John Debrett）于1802年创建于伦敦。
② 由约瑟夫·惠特克（Joseph Whitaker）于1868年创刊，被誉为英国最好的年鉴和微型百科全书。收录内容上至天文、下至地理，旁及世界各国基本情况和科学知识。
③ 威廉·考珀（William Cowper）（1731—1800），英国诗人、赞美诗作者，浪漫主义诗歌先驱之一。
④ 珀西·比希·雪莱（Percy Bysshe Shelley）（1792—1822），英国主要的浪漫主义诗人之一，被认为是最伟大的英语抒情诗人和哲学诗人之一。
⑤ 弗朗索瓦-玛丽·阿鲁埃（François-Marie Arouet）（1694—1778），伏尔泰是他的笔名，法国启蒙运动时期作家、历史学家和哲学家，以其对罗马天主教的批判以及倡导言论自由、宗教自由和政教分离而闻名。

肯定所有这些都是柏拉图式的关系，威廉·乔因森·希克斯子爵[1]怕是也会对此表示否认。但是，如果我们固执地认为这些杰出的人物从与女性的结合中除了舒适安逸、阿谀奉承和肉体欢愉之外便是一无所获，那我们就大错而特错了。

显而易见，他们所得到的，绝非他们的同性所能给予的。或许，无须引用诗人的狂言乱语，我们也可以毫不轻率地说，他们所得到的乃是某种激励，某种唯有女性方能赋予的创造力的更新。我想，当他打开客厅或育婴室的门，大概会看见她和她自己的孩子们在一起，或者会看见她的腿上放着一块刺绣。

总而言之，他所看见的是某种截然不同的生活秩序和生命系统的中心，是眼前的世界同自己那个世界——可能是法院或下议院——的鲜明对比，而眼前的情景立时就能令其枯木回春，容光焕发。接下来，即便是最简单的对谈，也会自然而然地使他们生发出不同的见解来，使其枯燥乏味的思想得到浸润，得以焕然一新。当他看到她用一种与自己截然不同的手段创作时，看着女人用不同于他的素材所创作的新世界，他的创造力也受到了鼓舞，在不知不觉间，他那迟滞鲁钝的头脑便又开始做起谋篇布局的事情来，而他也找到了当初戴着帽子拜访女人时苦苦寻觅而不得的词句和情节。每一位约翰逊，都有他的那位斯雷尔[2]，也都会出于诸如此类的原因而对她紧抓不放。斯雷尔

---

[1] 威廉·乔因森·希克斯（1865—1932），布伦特福德第一子爵，英国律师，保守党政治家。
[2] 即海丝特·林奇·皮奥齐（Hester Lynch Piozzi）（1740—1821），英国女作家，塞缪尔·约翰逊的密友。

嫁给那位意大利音乐大师的时候,狂怒与厌憎几乎都要使约翰逊发狂了,这不仅仅是因为他再也享受不了斯特里特姆①夜晚的美妙时光,更是因为他的生命之灯"好像熄灭了"。

我不是约翰逊博士,不是歌德,不是卡莱尔,也不是伏尔泰,我的感受也和这些伟人们大相径庭。但尽管如此,我还是能感受到女性那高度发达的创造力量及其错综复杂的本质特性。只需走进一个房间,走进随便哪条街道的随便哪个房间,我就能感受到扑面而来的极其错综复杂的女性力量。这些房间彼此都各不相同,有的安静,有的喧闹;有的面朝大海,而有的恰恰相反,正对着监牢大院;有的挂满洗净的衣衫,有的点缀着宝石和丝绸,生机盎然;有的粗犷坚硬如马鬃,有的温润柔软像羽毛。这个时候,女人就觉得词穷了,她要想说说自己进了房间以后发生了些什么,就非得竭尽全力、异乎常理地生拼硬凑出一整套闻所未闻的说辞不可。若不这样的话,她又该怎么做呢?

千百年以来,女人一直都坐在房间里,她们的创造力已经完全渗透进了房间的每一面墙壁,事实上,这间房子早就已经不堪重负了,所以,她们才迫不得已去写作、去作画、去经商、去从政。但是,女性的创造性力量与男性的创造性力量相比,却有着天壤之别。我必须断言,如果这种力量受到了阻遏,或是遭到了荒废,那必将会是一万分的遗憾,因为这乃是一股历经千百年至为残酷严厉的操练才造就出的、无可替代的力量;如果女性如男性一般创作、如男性一般生活、

---

① 英国伦敦的一个区。

如男性一般相貌，如果男女皆不能各顺其性而活，那么你们想想这个广阔而多样的世界，我们又如何能以一性之力管而理之呢？这亦将是一万分的遗憾。

教育难道不应该凸显和强调两性的差别所在，而非其相似之处吗？我们已经有了太多的相似之处了，如果某个探险家探险归来时，能跟我们说起，在另外一个地方有另一个性别的人对着另一片树丛仰望另一片天空，那他就为人类社会做了最伟大的贡献。看着某某教授火急火燎地冲过去，端起测量杆证明自己"高人一等"，我们也会感到极大的快乐。

我仍旧游离于书本之外，心里想着说，就算只做个观察者，玛丽·卡迈克尔身上的担子也十分沉重。我实在担心她经不住诱惑，变成一个自然主义小说家——我觉得这类人不是那么有趣——而不是一个思想者。有那么多的新鲜事物供她去观察，她不必再把自己禁锢在中产阶级上层家庭的豪宅里了，她不必再怀着仁慈悲悯或是纡尊降贵的心情，而是可以带着友爱的精神，走进那些芳香四溢的房间，看看里面坐着的那些花魁、娼妓和抱着巴哥犬的女士们。她们坐在那儿，身上还穿着男作家们在无奈之下硬搭在她们肩头上的破衣烂衫。但是玛丽·卡迈克尔会拿出她的剪刀，把她们的衣服都裁剪得熨帖妥当、恰到好处。等她修剪完毕，我们便能看到她们的庐山真面目，而那必会是一道奇景。

但我们必须要稍等一会儿，因为在"罪"的面前，玛丽·卡迈克尔仍旧会为其自我意识所牵绊；这"罪"乃是过去我们所承受的性暴行的遗毒。她的双脚还是会拖着旧日的那副卑鄙陈旧的阶级的枷锁。

然而，大部分的女性既不是妓女，也不是花魁，她们更不会大夏天里抱着巴哥犬，在满是灰尘的天鹅绒垫子上一坐一下午。这样说来，那她们会做些什么呢？我脑海中浮现出了一条长长的街道，就在河的南边的某个地方，那里有很多这样的长街，每条街上都住满了数不清的人。想象中，我看到一位老态龙钟的妇人正挽着一位中年女子的胳膊过马路；那女子大概是老妇人的女儿。两人都穿着考究的靴子和毛皮大衣，想必午后如此盛装是她们的一种仪式。年复一年，每逢夏日来临，她们也会把这些衣服和樟脑丸一起，叠好并放进衣柜里去。她们在街灯初放的时候穿过马路（因为她们最喜欢黄昏的时光），这一定已经成了她们每年的习惯了。老妇人已年近八十，但如果有人问她，生命对她意味着什么，她会说，她还记得巴拉克拉瓦战役①时灯火辉煌的街道；或者她会说，她曾经听到过在爱德华七世国王②出生时，海德公园③里的礼炮声。

可是，如果有人渴望知道具体哪个日子、哪个时节到底发生了些什么，去问她说，1868年4月5日那天你都做了些什么呢？1875年11月2日那天你又做了些什么呢？她就会一脸茫然地回答说，我什么都记不得了。该做的饭菜都做完了，该洗的杯碟也都洗完了，孩子们也都上完了学，到外面的世界去了；什么都不剩了，一切都归了虚空了。传

---

① 巴拉克拉瓦战役发生于1854年10月25日克里米亚战争期间，是塞瓦斯托波尔围城战的一部分。
② 爱德华七世（1841—1910），大不列颠及爱尔兰联合王国国王及印度皇帝，其子为乔治五世（George V）。
③ 位于伦敦市中心的大型公园，是四个皇家公园中最大的一个。

记与史书不曾对此有丝毫的记载,而小说,即便是记了,也难免在无意间写下满纸虚言。

我当玛丽·卡迈克尔就在我面前,对她说,所有这些默默无闻的生命,都有待于你去记载。随即,我的思绪又继续穿行于伦敦的街头巷尾,在想象中感受着那种因沉默无言所产生的千钧重压,和那些未曾被人记录之生命的层层厚重。

这一切或者是因为街角的妇女们——她们两手叉腰,肥胖浮肿的手指上箍着戒指,那架势,说起话来呼扇呼扇的,有股莎士比亚的戏词的味道;或者是因为街上的卖花姑娘、卖火柴的女孩儿和僵坐在门洞底下的丑老太婆;又或者是因为街上游来逛去的女孩儿们,在日光和云朵的映衬之下,她们的面庞如海浪翻涌,映照着男男女女的熙熙攘攘,商店橱窗里摇曳闪烁的灯光。

我对玛丽·卡迈克尔说,你要去探索这一切,你要紧握手中的火炬,而最重要的,是你必须要照亮自己的灵魂,明白你自己是如何深刻,如何浅薄,如何虚荣,又是如何宽宏。要告诉自己,美貌与平凡对你而言到底意味着什么。大理石材质的地板上,成排的服装材料散发着化学药剂瓶里那种淡淡的气味,手套、鞋靴和各样物什在你眼前晃来晃去……这是个瞬息万变的世界,而你同这个世界又是什么关系呢?想象中,我进到了一家商店,店里铺着黑白的地砖,墙上挂着彩色丝带,美得不可思议。我心想,玛丽·卡迈克尔正好可以顺便进来看一眼,因为这店里的景致正像是安第斯山脉白雪皑皑的山峰或岩石峡谷一样,很适合于笔铺墨就。还有柜台后面的那个女孩儿,我很想像写拿破仑的第一百五十部传记,或是写济慈及其对弥尔顿式倒装的运用的第七十部研究专著（老Z教授那帮人正在写呢）那样，写下这个女孩儿的真实故事。

然后，我踮起脚尖，小心翼翼地走了出来，（我太懦弱了，我实在害怕那曾经几乎要甩到我肩头的鞭子。）嘴里喃喃道，面对男性的虚荣——也不妨说是男性的特点吧，这个词听起来不那么冒犯——她也应该学会一笑置之，而不必表现得那样苦大仇深。因为，在人的后脑勺上，有一块一先令大小的地方，人们自己永远都看不到。异性之间正好可以借此互相造福，彼此描述一下对方脑后的那一先令大小的盲区。你们想想，朱文诺①的言论和斯特林堡②的批评给女人带来了多少好处。

你们再想想，从太初以至今日，男人们是如何不厌其烦、聪明睿智地对着女人脑后的隐秘处指指点点的！如果玛丽足够勇敢，也足够诚实，她就应该绕到男性的脑后去，然后告诉我们，她都有什么发现。要是不让女人把男人那块一先令大小的地方描述清楚，我们就永远也看不出男人的真实而完整的面貌；伍德豪斯先生和卡索邦先生③就可以让我们看到那个部位的大小与性质。

当然，任何一个有头脑的人都不会劝她去刻意蔑视谁或奚落谁，

---

① 即代希马斯·尤尼乌斯·尤文尼斯（Decimus Junius Juvenalis），罗马诗人，以讽刺诗歌见长，活跃于公元1世纪晚期和2世纪初，生平不详。
② 约翰·奥古斯特·斯特林堡（Johan August Strindberg）（1849—1912），瑞典剧作家、小说家、诗人、散文家和画家。
③ 爱德华·卡索邦（Edward Casaubon），乔治·艾略特的代表作《米德尔马契》中的主要人物之一，他是一位自负而无能的中年学者，为了寻找一位助手协助自己的工作而娶了书中的女主人公多萝西娅·布鲁克（Dorothea Brooke）。

文学已经证明，带着这样的精神写出来的东西是毫无价值的。要我说，只要诚实，那么最后的成果就一定会妙趣横生，就一定能丰富喜剧的内涵，也一定能发掘出新的事实。

不过，现在是时候再读一读眼前这本书了。与其揣测玛丽·卡迈克尔可能写些什么、应该写些什么，我最好实际读一读，看她到底写了些什么。于是，我又接着读了起来。我记得在前面我对她曾有过不满，她把简·奥斯汀式的句子都拆了，没给我一点儿机会炫耀我那无可挑剔的品位和一丝不苟的眼光。我不得不承认，她们二位没有丝毫相似之处，所以，像什么"是，是，你写得很好，可是简·奥斯汀比你写得更好得多了"这种话，说了也是没用。

接下来，她又把叙事的顺序——就是我们所期望的叙事顺序——给打乱了。或许她这是无心之失，只是想要像女人那样写作，按女人的方式，自然而然地记录那些事情，可不知怎的，这么做的结果却是让人如堕五里雾中；我看不到高潮迭起，也看不到危机近在咫尺。

所以，我也就无法为自己的情感有多深厚，我对人心的认识有多么深刻而自鸣得意了。因为每当我以为自己会在平凡的地方感受平凡的事物，比如爱情，比如死亡等时候，那个恼人的家伙就会把我扯到一边去，让我离重头戏又远了一步。她就是这样，逼得我没有办法滔滔不绝地抛出我那套关于"基本的感情""人类的共性""人心深不可测"之类的慷慨陈词，借以支撑我们的信念，让我们坚信，无论我们在表面上有多聪明，我们的骨子里都是非常严肃、深沉和高尚的。可她给我的感受却恰恰相反，她让我觉得，我并非严肃、深沉而高尚，而只不过是个思想怠惰、因循守旧之徒——这可并不是什么让人心驰神往的想法。

但是，我还是接着读了下去；此时我又注意到了一些别的事实。很显然，她并不是什么"天才"。她身上缺乏对大自然的热爱、炽烈奔放的想象力、狂放不羁的诗情、绝顶过人的才气，也缺乏温切尔西伯爵夫人、夏洛蒂·勃朗特、艾米莉·勃朗特、简·奥斯汀和乔治·艾略特等伟大前辈们身上的那种深沉的智慧。

她写不出多萝西·奥斯本那样的富于韵律的高贵作品。她实在不过是个聪明点儿的姑娘而已，她写的那些书，不出十年，肯定就会被出版商们化成纸浆。可是，话虽如此，她身上也有着一定的优势，是那些天赋比她高过不知多少的女人哪怕是在半个世纪以前，也都还不曾具备的。于她而言，男人已不再是"相残"之"异道"，她不需要再浪费时间去抱怨他们了。她也不需要再爬到屋顶上，心事重重地向往远方、渴望历练、憧憬着那将她拒于千里之外的尘世与众生了。恐惧与仇恨几乎已经消弭了，或者说，只有当她因自由的喜悦而稍显得意忘形的时候，或是当她倾向于用刻薄与讽刺而非爱情来刻画异性的时候，我们才能看得出在她身上残留的恐惧与仇恨的蛛丝马迹。

这样看来，毫无疑问，作为一个小说家，她天生就有着高他人一等的优势。她的情感广阔、热烈而奔放，连那些几乎难以察觉的触动也能有所回应，就像是刚刚破土而出的新苗，贪婪地吸吮着眼前的每一幕景象、耳中的每一丝声响。她那细致入微的情感，不无好奇地徜徉在那些鲜为人知且不见经传的事物中间，把那些微不足道的事物公之于众，让人们看到，它们可能一点儿也不渺小；让那些深埋于地的事物重见天日，叫人心生疑问，究竟有什么必要非得把它们埋起来不可。尽管她还很笨拙,也做不到像萨克雷或兰姆那样,无须刻意为之便能深得文学悠久传统之精髓,笔尖轻转,就能写出令人赏心悦目的文字,但我还是开始觉得,她已经掌握了最重要的第一课:以女人的身份来写作。不过,虽然是以女人的身份在创作,但她却忘记了自己作为女人的身份,所以,她的作品中充斥着那种不同寻常的性别质感,这种质感唯有在意识不到自己的性别时才会产生。

这一切固然都是好事,但是,除非她能从转瞬即逝的个人感情中构建起一座亘古不倒的高楼大厦,否则,无论她的情感再怎么丰富、知觉再怎么敏锐,都将于事无补。我说过,我会等着看她如何处理一定的"矛盾冲突",我说这话的意思是想让她鼓起勇气,振奋精神,积聚力量,证明自己不是浮光掠影,而是能够透过现象去直抵事物的本质。她会在某个瞬间告诉自己说,就是现在,再也用不着慷慨陈词了,我能说清楚这一切的意义。接着,她便着手了——就是这样,她苏醒了,绝对错不了!——她鼓起勇气,振奋精神,在头脑中浮现出了其他章节中随口一提的、几乎已经要被忘却了的内容,可能只是些细枝末节而已。而她就会尽可能地在别人做针线活儿或是咂烟枪的时候,自然而然地让人感受到这些细枝末节的存在。她越是往下写,你就越是觉得自己仿佛置身于世界之巅,世界就在你的脚下雄伟庄严地延伸开来。

无论如何,她都已经在尝试了。当我看到她使尽浑身解数来接受考验时,我也看到了那些主教和牧师、博士和教授、家族长辈和好为人师之徒对着她狂吼乱叫,警告劝诫她说:这个你不能做!那个你也不该做!只有研究员和学者才能待在草地上!女人没有介绍信就不能进图书馆！抱负远大、优雅得体的女小说家就得是这样！我可不希望她看见这些人。他们就像围在赛马场围栏外的观众一样紧盯着她。

而她的考验，就是不要东张西望，奋力跨过前进道路上的一切阻碍。我对她说，你要是停下脚步去咒骂他们，你就输了；要是停下脚步嬉皮笑脸，你一样会输；要是犹豫不决或错漏百出，那你就彻底完蛋了。仿佛把所有的赌注都押到了她身上，我恳求她说，你只管勇往直前吧！她像鸟儿一样，跨过了障碍。可是一道障碍过去，另一道障碍又来了。鼓掌声与呼啸声听来实在有钻心蚀骨之感，我怀疑她是否有足够的耐力去坚持到底，但她已经尽力了。你们想想，玛丽·卡迈克尔又不是个天才，她不过是一个默默无闻的女孩儿，坐在自己的卧室兼起居室里，写了自己的第一部小说，她又没有足够好的物质条件，没有时间和金钱，且身上还有一堆杂事，我觉得她已经做得很好了。

读完最后一章，我心里笃定，再给她一百年的时间，给她一间属于自己的房间，给她一年五百英镑，让她直抒胸臆，让她删掉现在强塞硬挤进书里的那一半内容，到那一天，她一定能写出一本更好的书来。有人拉开了客厅的窗帘，满天的星斗映照着人们的鼻子和裸露的肩膀。她会成为诗人的。说着，我把玛丽·卡迈克尔所写的《冒险生涯》放回了书架的最边上。再给她一百年的时间。

第六章

第六章

第二天，十月熹微的晨光透过拉开帘子的窗户射进来，照出一束束飞扬的微尘。街上传来了汽车穿行的嗡嗡声，伦敦再次上紧了自己的发条，工厂里骚动起来，机器也发动起来。读了这么多书以后，我忍不住从窗户里往外望去，想看看在1928年10月26日这一天，伦敦城里都在忙些什么。那么，伦敦城里到底在忙些什么呢？看起来，伦敦城里并没人在读《安东尼与克里奥佩特拉》。看来，伦敦城似乎对莎士比亚的戏剧漠不关心。没有人在意小说的未来、诗歌的消亡或普通女性发展出来的能充分表达自己思想的文风——我并不怪他们——就算把这些问题的意见都用粉笔写在路上，也不会有人弯腰去看的。

一会儿是个役童，一会儿又是个遛狗的女士；只消半个小时，他们无动于衷的匆忙脚步就会把这些痕迹磨灭殆尽。伦敦街头之所以迷人，就在于其中没有两个人是一模一样的，而每个人似乎都在忙着自己那点儿事情。有提着公文包的商务人士，有拿棍子把街上栏杆敲得叮当作响的流浪汉，还有把大街当成俱乐部，对着马车里的人一阵招呼，不由分说便开始散播各种消息的好事之徒。街上有送葬的队伍，人们从旁经过，忽而想起自己的结局也不过如此，便也就纷纷脱帽致敬了。又有一位尊贵的老先生，正蜗行牛步地下台阶，突然顿了脚步，免得撞上一位行色匆匆的女士；这女人不知用了什么法子，弄到了一件华丽的皮大衣，手里还捧着一束帕尔马紫罗兰。人人似乎都是各扫门前雪，专顾自己，只操心自己的事情。

这个时候，交通完全停顿下来了，街上彻底安静下来，这在伦敦是常有的事儿；车也不开了，人也不走了。街道尽头的悬铃木上，一片叶子挣脱了束缚，在这片刻的停顿中，飘飘然落下地来。不知怎的，这叶子就像一道从天而降的信号，指向被人们忽略的事物中的某种力量。它似乎指向一条河，一条看不见的河，流过街角，流上街道，裹挟着行人滚滚向前，好像牛桥的河，把学生连人带船，加上枯树叶全都卷走了。现在，这条河先是把一个穿漆皮靴子的姑娘，后来又把一个穿栗色大衣的青年男子从街道的这一边卷到了那一边。它还卷起了一辆出租车，又把这两人和这汽车一股脑儿地全汇集到了我的窗户底下；出租车停下来，姑娘和青年也停了下来，钻进了出租车，接着，出租车就像是被急流卷走似的，悄无声息地滑开了。

这种景象司空见惯得很，但奇怪之处在于，我的想象竟会为其谱出一种韵律，而这两人坐上同一辆出租车的寻常景象，竟也能传达出他们自己表面上的心满意足之感。看着那辆出租车转过街角，又匆匆不见，我心想，看到两个人沿街而来，在街角相遇，这样的情景似乎可以使我紧张的心情稍稍地放松一下呢。这两天我一直在想如何将男性和女性区分开来，或许这确是件令人劳心费神的事情，搞得我的头脑都已经不再和合协调了。而现在，看到这两个人走到一起，一道乘车的情景，我不再劳心费神了，我的大脑又变得协调了。我收回了探出窗外的脑袋，心下忖度道，人的大脑实在是一个非常神秘的器官，我们虽然事无巨细都依赖它，却又对它一无所知。

为什么我会觉得头脑中存在分歧和对立，就像身体出于明显的原因感到紧张一样呢？我说的"大脑的和合协调"又是什么意思呢？我陷入了沉思。头脑中显然蕴藏着无比强大的力量，可以在任何时候全神贯注于任何一点，因而其存在的状态似乎并不单一。举例来说，头脑可以独立于街上的人而存在，并站在高处的窗户上俯视他们，以为自己与他们毫无瓜葛。或者，比如说，它也可以杂在一群等着听人宣读新闻的人当中，自发地同他们一道思考。人的头脑可以通过父辈或母辈追想往事，就像我曾说过的，一个女人在写作时会通过自己的母辈来回忆过往。再者，若是身为女性，意识的突然分裂也往往会令她们感到惊讶。比方说，她原本是这一文明的自然而然的继承者，可是当她行走在怀特霍尔大街①上的时候，却反其道而行之，将自己置身于这一文明之外，对其既陌生而又挑剔。

  很明显，人的头脑总是在不停地转换自己的焦点，用不同的视角观察这个世界。但是人的某些精神状态和其他状态相比，即便自发产生，也还是不免让人觉得心里不是滋味儿。为了保持那种心态，不知不觉中，我一直在抑制着什么，久而久之，这种压抑就使我变得劳心而费神了。但是，也存在这样一种我不必劳心费神也能继续保持的心态，因为我根本不必压抑我自己。离开窗边的时候我心想，现在我没准就是这样一种状态。因为看到这对夫妇坐上出租车时，我分明感受到，在经历一番割裂与破碎之后，我的心思又再度自然地融合了。其中原因其实也显而易见，两性之间，自然要和谐互助。我怀有一种虽

---

① 伦敦街名，连接着议会大厦和唐宁街，这条街及其附近有国防部、外交部、内政部、海军部等一些英国政府机关。

不理性但却深刻的直觉，男人和女人的结合会为彼此带来最充分的满足和最完全的幸福，我对这一理论深信不疑。

但是，那两人一道坐进出租车的情景及其带给我的心满意足之感却使我不禁要问，人的头脑当中是否也存在着男女二性，对应着身体上的男女二性呢？头脑中的男女二性是否同样需要结合在一起，才能得到彻底的满足与幸福呢？接着，我又笨拙地勾画出一幅灵魂的草图，我们每个人内心都存在两股力量，一股是男性的力量，另一股则是女性的力量；在男性的头脑中，男性力量凌驾于女性力量之上，而在女性的头脑中，则女性力量凌驾于男性力量之上。当这两股力量和谐共处，在灵魂里面勠力同心时，人才能保持正常而舒适的存在状态。若身为男人，头脑中的女人必定仍会对他有所影响，而若身为女人，她也必须要与身体里的男人交相契合。柯勒律治①曾说，伟大的头脑都是雌雄同体的，他可能就是这个意思。只有当二者水乳交融时，头脑才能得到充分的滋养，才能将所有能力发挥得淋漓尽致。我想，或许纯粹男性化的头脑是无法进行创作的，纯粹女性化的头脑也如此。不过，我们倒可以在此稍作停留，翻翻几本书，看看什么叫作"有女人味儿的男人"，反过来，什么又叫作"有男人味儿的女人。"

柯勒律治曾说，伟大的头脑都是雌雄同体的；他的意思当然不是说，拥有这样头脑的人会特别同情女性，投身于女性事业，或是致

---

① 塞缪尔·泰勒·柯勒律治（Samuel Taylor Coleridge）（1772—1834），英国抒情诗人、批评家和哲学家。

力于阐述女性思想。也许相对于单一性别的头脑,双性同体的头脑并不惯于这类区分。他的意思可能是说,双性同体的头脑能引起人的共鸣,也比较通透,能毫无阻碍地传递情感,生性富于创造力,热情洋溢且专一纯粹。事实上,尽管我说不出莎士比亚对女人有什么看法,但我还是可以说,莎士比亚的头脑是雌雄同体的,他的思想是女性化了的男性思想。心智完全发达的标志之一就是不会专门关注或单独探讨性别问题。如果真是这样,现如今心智要想完全成熟,比过去要难上许多。这会儿,我来到了当代作家的作品跟前,停下脚步,心想,这会不会就是长期以来困扰我的某个问题的根源。我们处在一个性别意识最为强烈的时代,大英博物馆中不计其数的男性所写的有关女性的书籍便是明证,而女性选举权运动则无疑是造成这一局面的罪魁祸首。这一运动一定激起了男人们内心中强烈的自我肯定欲望,一定使他们对自己的性别及其独特品质更重视;要不是有人胆敢向他们发起挑战,他们还懒得费心去琢磨这些呢。

人若是受了挑衅,哪怕是几个戴着黑头巾的女人,他也要打击报复;若他是头一回遭人挑衅,那报复起来可就没有限度了。我取下A先生的一本新小说,心想,这大概可以解释印象中我为什么会在这里发现某些性别品质了。A先生年富力强,显然很受评论家好评。我翻开他的小说,说实话,再一次读男性作家的作品,我感到很愉悦。和女作家的作品相比,男性作家的作品如此直截了当、简单明了,显示出其思想的率直、人身的自由、对自我的肯定。他锦衣玉食、饱读诗书、思想自由、从出生起就从未受过挫折与压迫,反而享尽完全的自由,可以随心所欲地展露自己。和这样的人在一起,整个人都会觉得畅快，实在让人艳羡不已。

可是，当我读完一两章之后，书页上就好像蒙上了一层阴影。那是一条笔直的、形状像字母"I"一样的黑影。我想瞥一眼阴影背后是如何的景致，便开始左伸脖子右踮脚地往里张望。我实在看不大清楚那究竟是一棵树，还是一个女人在走路。那个"I"字形的阴影总是挡住我的去路，我开始厌倦这个"I"了。这倒不是因为它可敬可爱，诚实可靠，条理分明，坚如磐石，且因数百年的悉心滋养调教而变得光鲜亮丽——我打心底尊敬和钦佩这个"I"，而是因为——我又翻了一两页，想找点儿别的什么内容——在这个字母"I"的阴影笼罩下，一切都像是雾里看花，看不真切，这才是最要命的。那是棵树吗？错，那是个女人。可是……这女人身上连一根骨头都没有啊，我看着菲比，心里嘀咕。

那女人正走在海滩上，她的名字就叫菲比。然后艾伦站起身来，他的身影就立马把菲比掩盖了。艾伦有他的看法，而菲比却被他的看法给湮没了，所以我觉得，艾伦也有激情。我一页接一页快速地往后翻，感觉故事的危急关头越来越近了，而事实也正如我所料，在阳光下的海滩上，冲突爆发了。这场危机爆发得大张旗鼓，进展得汹涌澎湃，真想不出还有什么比这更不合时宜的事情了。但是……我转折的次数太多了，我不能总这样不停转折。我责备自己说，你总得把话讲完吧。

好吧，那我就把话讲完："但是，我觉得很无聊！"但是，我为什么会无聊呢？一方面是因为这个字母"I"阴魂不散，就像棵硕大无比的山毛榉一样，投下来干瘪枯槁的阴影，笼罩之处，寸草不生。而另一方面的原因就比较令人费解了，A先生的头脑中似乎存在某种障碍，某种阻滞，它阻塞了创造力的源泉，使其囿于狭隘，而不能充分涌流。回想起牛桥的午宴聚会、抖落的烟灰和断尾的曼岛猫以及丁尼生和克里斯蒂娜·罗塞蒂的诗歌，我想，所谓阻碍，应该就存在于这些交织在一起的景象中。菲比在海滩上走的时候，他不再吟唱道：

　　看那门前的西番莲花，
　　一颗晶莹泪珠从上面落下。

而她也不再应和说：

　　我的心啊，你就像那鸟儿欢歌，
　　筑巢在水边的枝丫上。

艾伦在这时候接近，他该怎么做呢？他如白昼一般光明磊落，如日头一般循规蹈矩，他能做的唯有一件事；而且说句公道话，他也的确那么做了，而且一而再、再而三地（我边说边翻着书页）反复在做。而当我意识到自己说话有失妥当时，我又补了一句道，不知怎的，他这种做法无趣得很。莎士比亚的粗鄙下流能使人忽略自己内心的其他万般感受，而且一点儿也不显得无趣，但是，莎士比亚这样做是为了娱乐大众，正如护士们所言，A先生这么做却是别有用心。他这么做是为了抗议，通过宣扬自己的优越性，抗议异性与他平起平坐。

因此，他才会觉得郁结、拘囿和难堪，要是莎士比亚认识克劳夫小姐[①]和戴维斯小姐，估计也得变成这样。毫无疑问，如果妇女运动始于16世纪而非19世纪，伊丽莎白时代的文学面貌与如今相比就会产生天壤之别。

这样一来，如果两性头脑的理论说得通的话，那也就意味着，男人头脑中的男性力量已经觉醒，并成为自觉的男性意识了。也就是说，男人现在只用自己大脑中男性的一面在写作。女人读这类书是错误的，注定徒劳无功。我把批评家B先生的作品拿在手里，极其细致而认真地阅读他对诗歌艺术的评论，心想，人们最容易忽略共鸣的力量。他的作品文从字顺，敏锐犀利，且富于真知灼见，但麻烦的是，他并没有传递情感，他的思想似乎被割裂成了一间又一间密室，里面传不出一点儿声响。因此，B先生的句子一进到我的脑海当中，就会砰地一声摔在地上，摔得稀碎。但若是柯勒律治的句子进到我脑海当中，就会激荡起来，并催生出各种各样的其他想法。只有这种写作，才是我所说的，掌握了永恒之真谛的写作。

但不论原因何在，想必都会令人扼腕叹息，因为这意味着——这时候我看到了书架上成排的高尔斯华绥[②]和吉卜林[③]的作品——当世

[①] 安妮·杰迈玛·克劳夫（Anne Jemima Clough）（1820—1892），英国教育家，女性主义者，剑桥大学纽纳姆学院首任校长，诗人阿瑟·休·克劳夫（Arthur Hugh Clough）的妹妹。

[②] 约翰·高尔斯华绥（John Galsworthy）（1867—1933），英国小说家、剧作家，1932年诺贝尔文学奖得主。代表作：《福尔赛世家》《现代喜剧》等。

[③] 约瑟夫·罗德亚德·吉卜林（Joseph Rudyard Kipling）（1865—1936），英国小说家、诗人，1907年诺贝尔文学奖得主。代表作：《丛林故事》。

伟大作家的部分最优秀的作品恐怕也会如石沉海底一般，无人问津。随她怎么努力，女人都不可能从中找到评论家们向她所保证的永生之泉。这不仅仅是因为这些作品歌颂男性的美德，强调男性的价值观，描绘男性的世界，更因为，对一个女人而言，她根本无法理解这些书中流露出来的情感。事情还远没有了结呢，我们就开始说，就是这样，越来越明显了。我已经完全明白是怎么回事了，那幅画会掉到老乔里恩①头上，他会因为惊吓过度而死，老牧师会为他读上两句讣告，泰晤士河上所有的天鹅都会同时为他放声悲鸣。但是，在一切尘埃落定之前，我们就会落荒而逃，把自己藏在醋栗树丛中，因为对男人而言如此深沉、如此微妙、如此具有象征意义的情感，只会让女人感到惊诧不已。至于吉卜林笔下那些背过身去的军官们，那些播撒种子的播种者们，那些独自工作的人们，还有那面旗帜——所有这些黑体字所代表的事物，都让我们觉得害臊，仿佛我们偷听男人们的恣情狂欢时被人逮个正着一般。事实上，无论是高尔斯华绥还是吉卜林，他们身上都没有一丝女性的特质。因此，我可以笼统地说：在女人面前，他们的一切品质都是粗糙和稚嫩的。他们缺乏引人共鸣的力量，而如果一本书无法引起人的共鸣，那么无论它给人的表面印象有多深刻，都无法深入人的内心。

　　我不停地把书从书架上拿出来又放回去，看都不看一眼，心里焦躁不安。我开始设想一个纯粹的、专断的男性时代的样子，就像教授

---

① 高尔斯华绥所著《福尔赛世家》（*The Forsyte Saga*）中的人物。

们的信件（比如沃尔特·罗利爵士①的信件）中所预示的，或是意大利的统治者们所已建立起来的那样。要是身处罗马，我们很难不被那种十足的男子气概同化，而且，不论这种十足的男子气概对这个国家有多大的价值，我们都可能质疑其对意大利诗歌艺术的影响。至少从报纸来看，人们对意大利小说的现状多少都有些担忧。知识分子们开了个会，主题是"促进意大利小说的发展""贵族名流、工商巨头和法西斯集团要员"，他们挑了个日子，一起坐下来聊了聊这事儿，然后给领袖拍了一封电报，表达了他们对"无愧于法西斯时代的诗人不日即将诞生"的希望。

我们每个人都可以心怀这样虔诚的希望，但恒温箱里能不能孵化出诗歌来却值得人怀疑。诗歌的诞生既需要父亲，也需要母亲。我担心法西斯的诗歌恐怕会像我们在县城展览馆的玻璃罐子里看到的那样，变成一具可怕的死胎。据说这样生出来的怪胎向来都活不长。我还从来没有见过有哪个神童能活到上田头除草的年纪呢。一个身体上长出俩脑袋，可保不了他长命百岁。

不过，如果急于推卸责任的话，事情发展到如今这个地步，男性和女性其实都半斤八两，一样有罪。诱骗蛊惑之徒，革新改良之辈，他们都负有自己的责任；向格兰维尔勋爵说假话的贝斯伯勒夫人，向格雷格先生说实话的戴维斯小姐，她们一样都难辞其咎；所有推动性别意识觉醒的人都应该受到谴责。当我想发挥自己的聪明才智写本书

---

① 沃尔特·亚历山大·罗利爵士（Sir Walter Alexander Raleigh）（1861—1922），苏格兰作家、评论家、牛津大学当时的杰出人物。

时，正是他们驱使着我去追寻那个幸福年代里的性别意识；那时候，戴维斯小姐和克劳夫小姐都还没有出生，作家也能均衡地运用头脑中的两性来创作。

  这样一来，我还是回头去拜读莎士比亚吧，他的头脑可是雌雄同体的；济慈、斯特恩、考珀、兰姆和柯勒律治也一样。雪莱大概是中性的，弥尔顿和本·琼生的男性色彩太过浓厚，华兹华斯[①]和托尔斯泰也是。我们这个年代里，普鲁斯特完全做到了雌雄同体，或者说有点儿太过女性化了。但在他身上，这不过是瑕不掩瑜，因为如果没有他这种杂糅的存在，理智就会占上风，而头脑中其他的能力就会变得僵化、贫瘠和空洞。不过，我又安慰自己说，这大概就是个过渡阶段而已。我曾经答应你们把我的想法和盘托出，现在看来，我说过的许多话以后应该都会过时。你们还未及成年，对我眼目灼灼以盼的事物，也只能是将信将疑罢了。

  我走到写字台旁边，拿起写着"女性与小说"字样的那张纸，心想，尽管如此，我还是要开宗明义地告诫你们，对于任何从事写作的人而言，从自身性别的角度出发来思考，都是一个毁灭性的错误。纯粹地作为一个男人或女人而活，其后果也是毁灭性的。我们必须做"有女人味儿的男人"和"有男人味儿的女人"。对一个女人来说，哪怕稍微把自己的委屈放大一点，哪怕稍微合情合理地辩解两句，哪怕稍微有意无意地以女人的身份说上几句，都会产生毁灭性的后果。

[①] 威廉·华兹华斯（William Wordsworth）（1770—1850），英国诗人。

我说的"毁灭性"可不是夸张，任何带有此类意识偏见的作品，注定都会走向灭亡。这样的作品是得不到滋养的，刚开始看时，它还精彩绝伦、余音绕梁、澎湃激荡、如大匠运斤一般；但是等到夜幕降临时，它必要枯萎，也必不能在别人的头脑中落地生根。头脑中的男性力量与女性力量必须先行展开某种合作，才能使某种艺术创造得以完成。阴阳必须调和，以臻于圆满。整个头脑都必须完全敞开，我们才能感受到作者是在完整而充分地传达自己的经验。

思想必须自由，心灵必须平和；不能有车马嘈杂，不能有灯火斑斓；窗帘必须拉得严丝合缝。我想，作者一旦传达完自己的经验，一定要躺下来，暗中为自己头脑的两性谐和而庆幸。他一定不能窥视或质疑自己的成果，而应当去采花撷草，或是去欣赏河面上悠游自在的天鹅。

我又看见了那股卷走了小舟、学生和落叶的急流。我看着那对男女在街对面碰头，心想，出租车载着他们离开了；我听着远处的伦敦街头车流的喧嚣，心想，那股湍流把他们都卷进滚滚洪流里去了。

玛丽·贝东要对你们说的话，到这里就结束了。她已经告诉你们她是如何得出这样一个结论的：如果你想写小说或诗歌，那你每年就必须有五百英镑的收入，还得有一间带锁的房间——这结论可称得上平淡无奇了。

她已经竭尽全力地向你们阐明，是怎样的观感与思考催生出了她这样的想法。她带着你们跟校区的礼官撞了个满怀，在这里吃顿午饭，去那里又吃顿晚饭，在大英博物馆里涂涂画画，从书架上把书取下来，又从窗户往外眺望；当她在做这些事情的时候，你们无疑已经观察到了她的弱点和缺陷，也认识到了这些弱点和缺陷对她观点的形成有着什么样的影响。

你们一直在反驳她；添油加醋、断章取义，觉得怎样称自己的心意就怎样做。你们就应该这样，因为面对这种问题，只有把各种各样的错谬都厘清之后，才能得到真理。现在，我以我自己的名义，先行提出两条批评意见，以此为我的演讲作结；我提的这两个问题太明显了，你们不可能看不出来。

你们可能会说，我并没有探讨男女两性作为作家各自都有什么优势。我刻意不去谈论这件事，原因在于，且不说此种对比的时机尚未成熟，即便时机已然成熟，我也不认为人的天赋——不论是心智上还是品格上——能像砂糖和黄油一样被人衡量。你们别看剑桥特别擅长给人分班划科、赐冠授帽和立名加衔，但这件事剑桥一样办不到。

目前来看，了解女性的收入和居住状况，比用理论说明她们的能力要重要得多。哪怕你们从《惠特克年鉴》里找来一份排名表，我也不认为这样的排名就能代表人最终的价值，从中也找不出充分的理由让人相信，巴斯骑士指挥官赴宴时就非得跟在主理精神病患者财产账目的聆案官身后。不同性别之间、不同品质之间的较量，自命不凡与目空一切的态度，所有这一切都源于人类发展的原始阶段，人们建立起各种"阵营"①，而阵营之间总要互相斗争，最重要的就是要让自己走上领奖台，从校长的手里接过那尊华丽的奖杯。

可当人们逐渐成熟起来之后，他们就不再相信什么阵营、校长

---

① "阵营"的原文亦有"优越感"之意，此处当为双关。——译者注

或是华丽的奖杯了。至少就书籍而论，给自己脸上贴金还能不被人戳穿，实在是出了名的困难。当代文学批评的乱象不是一再证明了这种评判非常棘手吗？"此书真乃佳作""这书就是一堆废纸"，同一本书，得到的却是两种截然不同的评价；无论是赞扬还是批判，都毫无意义。尽管评判的过程可能会很有趣，但这样的工作本身却最没有意义。屈从于评判之人的裁决，是十足的卑躬屈膝之态。你想写什么就写什么，这才是最重要的。至于写下来的东西是历久弥新还是倏忽即逝，谁也说不准。但是，哪怕你牺牲自己丝毫的想象力，抹杀其中些许的色彩，去迎合那些手里拿着奖杯的校长们或是那些袖筒里藏着测量杆的教授们，那都算是最可鄙的背叛。过去人们常说，财富与贞洁的沦丧是人类最深重的灾难，但与这种背叛相比，它们根本就不值一提。

接下来，我想你们可能会说，我谈了这么久，太过强调物质条件的作用。从象征意义上来讲，我留下了很大的余地，五百英镑的年收入代表着沉思的力量，而上锁的房间则代表着独立思考的力量。然而，即便如此，你们可能还是会坚持说，人的心灵应该超脱于此等俗务，况且，伟大的诗人往往都穷困潦倒。既然这样，那我不如引用一下你们的文学导师的话，他比我更懂得是什么造就了诗人。阿瑟·奎勒-库奇爵士[①]写道：

[①] 阿瑟·托马斯·奎勒-库奇爵士（Sir Arthur Thomas Quiller-Couch）（1863—1944），英国诗人、小说家。

在过去一百年左右的时间里,都出现过那些伟大的诗人?柯勒律治、华兹华斯、拜伦、雪莱、兰德①、济慈、丁尼生、布朗宁、阿诺德②、莫里斯③、罗塞蒂、斯温伯恩④——先说这么多吧。在这些诗人当中,只有济慈、布朗宁和罗塞蒂没上过大学,而在这三个人当中,只有英年早逝的济慈家境清贫。

而这种事情说起来似乎很残酷,也很可悲,但事实就是事实,有人以为不论贫富,诗人的天才都可以在任何地方自由地发挥,实际上,这种认识是站不住脚的。这十二个人里面有九个都是大学出身,这意味着他们想尽了办法为自己争取到了英国所能提供的最优质的教育资源,这是一个不容置疑的事实。

事实上,你们也都知道,在那三个没上过大学的诗人当中,布朗宁的家庭条件还算不错。我敢跟你们打赌,假如他家庭条件不怎么样,他肯定写不出《扫罗王》《环与书》,

---

① 沃尔特·萨维奇·兰德(Walter Savage Landor)(1775—1864),英国诗人、作家。
② 马修·阿诺德(Matthew Arnold)(1822—1888),英国诗人、文学和社会批评家。
③ 威廉·莫里斯(William Morris)(1834—1896),英国设计师、工匠、诗人、早期社会主义者。
④ 阿尔杰农·查尔斯·斯温伯恩(Algernon Charles Swinburne)(1837—1909),英国诗人、评论家,以韵律创新著称,是维多利亚时代中期诗歌反抗的标志。

就像拉斯金①如果没有一位做生意发了大财的父亲就写不出《现代画家》一样。罗塞蒂还有一小部分的私人收入，况且他还靠画画挣钱，只剩下济慈两手空空；阿特洛波斯②早早地就取走了他的性命，就像她在疯人院里了结了约翰·克莱尔③，用麻痹绝望的鸦片酊戕害了詹姆斯·汤姆森④一样。

事实固然可怕，但我们仍需面对。不论这对我们的国家而言是怎样的耻辱，有一点可以肯定，由于我们英联邦的过失，不论是在今天还是在过去的两百年间，我们国家的贫穷诗人们都没有得到施展才华的好机会。

相信我吧！十年来，我花费大部分时间观察了大约三百二十所小学。我们大可以空谈民主，但事实上，英国穷人家的孩子和雅典奴隶的儿子一样没有什么指望，他们很难获得心智的自由，也孕育不出伟大的文字。⑤

再没有人能比他说得更直白了。"不论是在今天还是在过去的两百年间，贫穷诗人们都没有得到翻身的机会……英国穷人家的孩子和

---

① 约翰·拉斯金（John Ruskin）（1819—1900），英国艺术、建筑和社会评论家、天才画家、独特的散文文体家、维多利亚时代圣人或预言家的重要代表、能言善辩的作家。
② 希腊神话中命运三女神之一。
③ 约翰·克莱尔（1793—1864），英国浪漫主义农民诗人。
④ 詹姆斯·汤姆森（1700—1748），苏格兰诗人。
⑤ 《写作的艺术》（*The Art of Writing*），阿瑟·奎勒-库奇爵士著，1916年。——作者注

雅典奴隶的儿子一样没有什么指望，他们很难获得心智的自由，也孕育不出伟大的文字"。

事实就是这样，物质条件决定心智自由，心智自由决定诗歌艺术。

女性一向贫穷，不只是这两百年来如此，而是从太初以来皆然。说到心智的自由，女人甚至还不如雅典奴隶的儿子呢。因此，女性根本就没有机会写诗。我之所以如此强调女人要有自己的收入和房间，就是因为这个原因。

不过，还是多亏了过去那些默默无闻的妇女们——真希望我们能对她们有更多的了解——的艰苦奋斗，也多亏了最近这两场战争。

说来也奇怪，克里米亚战争让弗洛伦斯·南丁格尔走出了她自家的客厅，而六十年后的欧洲战争[1]又为普通女性打开了出路，种种弊端也开始得到改善，不然的话，今天晚上你们也不会在这里了，一年挣五百英镑也就更不可能了，虽说现在希望也不大。

不过，你们可能还会反驳说，照你的意思，写作这件事情艰苦异常，搞不好还得谋害亲姑姑，午宴差不多肯定得迟到，还有可能让自己跟一帮正人君子大争特争，那你还何必要如此强调女性写作的重要呢？

我承认，我的动机在一定程度上是自私的。和大多数没有受过教育的英国女人一样，我喜欢阅读，喜欢大量地阅读。最近我读的书都比较单一，历史书上记载的都是战争，传记里写的都是伟人，我觉得

---

[1] 即1914—1918年的第一次世界大战。

诗歌也越来越贫乏了，至于小说，我已经充分暴露了自己作为现代小说批评家的缺陷，我还是什么都不说了吧。

因此，我恳请你们，只管写各式各样的书，不要因为主题多渺小或多宏大而踌躇不前。我希望无论如何，你们都要挣到足够的钱，够让你们去旅行，去安闲，去思考世界历史与未来，到书海中徜徉、到街角去闲逛、让自己的思绪深深融入街头巷尾的潮流中。

我绝不是要限制你们，让你们只写小说，要是你们愿意听我一句——我这样的人还是蛮多的——我建议你们可以写一写游记和探险记、研究报告和学术论文、历史和传记、文学批评和哲学、科学读物。这样做，必定有利于小说艺术的发展，因为书籍之间会相互影响，小说如果能与诗歌和哲学紧密结合，艺术效果必定会好很多。

此外，历史上任何一位伟大人物，比如萨福[①]、紫式部夫人[②]和艾米莉·勃朗特这些人，你去观察她们就会发现，她们是既集前代之大成，亦开后世之先河，她们之所以会出现，就是因为女性自然而然地养成了写作的习惯。所以，你们这种创作活动哪怕只是为了给日后创作诗歌做铺垫，其价值也是无可估量的。

不过，回过头来翻看我的这些笔记，在对自己的思路做了一番批判之后，我发现，我的动机也不全是出于自私。在点评和漫谈作家和

[①] 萨福（前610—前570），古希腊抒情诗人，与阿奇洛波斯（Archilochus）和阿卡乌斯（Alcaeus）齐名。
[②] 紫式部（978—1014），日本平安时代女作家，中古三十六歌仙之一，宫廷女官，著有长篇小说《源氏物语》，被认为是世界最早的长篇小说，对后世日本文学影响极大。

作品的过程中,我始终都秉持这样一个信念——还是说直觉呢?——好书令人向往,而好的作者即便有着各种各样的人性之恶,仍不失为一个好人。

因此,我恳请你们写更多的书,我是在敦促你们,去做对你们自己、对整个世界都有益的事情。我不知道该如何为我这种直觉或者说信念来正名,因为如果一个人没有受过大学的教育,哲学的语言就无法令其信服。

"现实"是什么意思呢?"现实"似乎是一种非常难于捉摸、非常不可靠的东西——它有时是尘土飞扬的马路,有时则是街头的一张报纸,有时又是阳光下的一株水仙花;它能叫屋里的一群人笑逐颜开,能让几句闲谈戏言时时流传;披星戴月赶路回家的人因为它而无法自持,而无声的世界因为有它而显得比有声的世界更加真实——然后,它又会出现在喧嚣的皮卡迪利①的大街上,坐上一辆公共汽车扬长而去。

有时候,现实似乎离我们太过遥远,使得我们无法把握其本质。但是,无论现实触及什么,它都会将其定格下来,并使之经久不衰。这是白昼隐没于树篱之后的残迹,是旧日时光的遗存,是我们的爱与恨。

在我看来,作家有机会比其他人更深切地生活在这样的现实当中,他的任务就是探寻、捕捉这个现实,并与我们其他人交流这个现实。至少,我读完《李尔王》《爱玛》《追忆似水年华》之后,便可

---

① 伦敦著名商圈。

做出这样的推断。读这些书就好像是给感官做了一次奇特的手术，手术之后，我们看得更清楚了，这世界似乎赤露敞开了，生命也变得更加热烈了。

有些人不愿向虚幻妥协，让人心生羡慕；有些人做事稀里糊涂、满不在乎，最后却被撞得头破血流，让人心生同情。就是因为这样，我才要求你们去挣钱，要求你们拥有一间属于自己的房间；我是在要求你们生活在现实之中，无论你们能否将其通过作品传达出来，这样的生活都会给人以鼓舞和激励。

我本想就此打住，但迫于惯例，每场演讲都得安排一个结束语才行。而一场针对女性的演讲，结束语的部分理当包含一些振奋人心、催人奋进的东西，我想你们也会同意这一点。

我恳请你们牢记自己的责任，奋发向上，并变得更有灵性。我要提醒你们，你们肩上的担子有多么沉重，你们对未来又会产生多大的影响。可是我想，这些规劝的话完全可以交给男性来写，他们的口才肯定比我好得多，而且实际上他们也真的写过这些话。

我审视自己的内心，发现自己并没有想要成为别人的伙伴、追求两性平等或给世界带来深远影响这样的高尚情操。

我要说的话很简单、很平淡，就是一句话：做自己，比做什么都重要。我要是知道怎么把话说得更漂亮些，大概会告诉你们，别想着左右别人了，去思考事物本身吧。

随手翻着报纸、小说和传记，我又想起来，一个女人对一群女人讲话的时候，心里肯定非常的不痛快。女人对待女人很苛刻。女人厌恶女人。女人——这个词你们还没听到厌烦吗？我告诉你们，我已经烦透了。既然这样，我们不如就承认了吧，一个女人给一群女人读稿子，结尾肯定会让人特别不痛快。

可我该怎么结尾呢？我能想出些什么来呢？说到底，我通常是欣赏女人的；我喜欢她们的不拘一格，我喜欢她们的无一不备，我喜欢她们的籍籍无名，我喜欢——我肯定不能照这样再说下去了。

你们告诉我，那边的柜子里只放着些干净的餐巾，可万一阿奇博尔德·博德金爵士①就藏在里面呢？我还是用严厉点儿的语气跟你们说吧。我前面说的那些话，已经向你们充分地传达了人类的警告和谴责了吗？我已经告诉你们了，奥斯卡·布朗宁先生对你们非常鄙夷。我已经向你们表明，当年拿破仑对你们有什么样的看法，墨索里尼如今对你们又有什么样的看法。你们当中要是有谁盼着写小说，我也已经为了你们的益处转述了批评家们的建议，好让你们能勇敢地面对自己性别的局限。

我提到过×教授，也特别强调了他所说的，女性在心智、道德和体格上都比男性要低劣。我没有刻意寻找，而是把所有我能想到的内容全都告诉了你们；现在，我对你们还有最后一个警告，是约翰·兰登-戴维斯先生②的逆耳忠言，我希望你们能把这句话记下来：当生儿育女不再令人向往时，女人也就不再必不可少了。③

---

① 阿奇博尔德·亨利·博德金高级巴斯勋爵士（Sir Archibald Henry Bodkin KCB）（1862—1957），英国律师。
② 《妇女简史》（*A Short History of Women*），约翰·兰登·戴维斯著，1928年。——作者注
③ 约翰·埃里克·兰登-戴维斯（John Eric Langdon-Davies）（1897—1971），英国作家、记者。

我还要怎样才能鼓励你们积极地投身到生活中去呢？我会说，姑娘们，注意点儿，我要开始总结了。在我看来，你们这帮人简直无知到可耻。你们从来没有做出过任何重大发现，从来没有撼动过一个帝国，从来没有统率过一支军队冲锋陷阵。莎士比亚的戏剧你们写不出来，野蛮人的族类你们也开化不了。你们还能有什么借口？当然了，你们大可指着这世界上的街道、广场和树林，指着其中来来往往、忙着谈生意和做爱的黑色、白色和棕色皮肤的居民们说，我们手头还有其他工作要做。如果没有我们的操劳，大海上就不会有航船，沃土也会变成荒漠。从统计的数据来看，我们生育、抚养、洗濯、教化了目前生存于世的十六亿二千三百万人口，一直到他们六七岁的年纪，这种事情，即便有人帮忙，也是需要耗费时间的。

确实，你们说得有道理，我不否认，可同时我也要提醒你们，从1866年至今，英国至少有两所女子大学；1880年以后，法律已经允许已婚妇女拥有自己的财产；而1919年，也就是整整九年之前，女性就获得了投票权。我还要提醒你们，社会上的大多数职业向你们开放，也已经长达十年时间了。你们想想这些巨大的特权，想想你们享有这些特权的时间之长。到目前为止，大概有两千名妇女能以这样或那样的方式，每年为自己挣五百多英镑的钱。想想这些，你们就会明白，什么没有机会、缺乏培训、没人鼓励、没有闲暇和资金支持之类的借口统统都站不住脚。此外，经济学家还告诉我们，西顿太太生的孩子太多了。当然了，你们必须得生孩子，但就像他们说的，生两三个孩子就够了，不要一生就是十几个。

因此，如果你们手头有时间，脑子里也有一些书本知识——你们已经受够了另一种类型的教育,我怀疑你们到大学里来就是为了摆脱那种教育——你们当然应该踏足另一段漫长、辛苦且默默无闻的职业生涯。有成千的人拿着笔,等着对你指手画脚,妄言你会得到什么结果。我得承认,我自己的建议有点儿不可思议,所以我更愿意把它写成小说的形式表达出来。

在写这篇文章的时候,我告诉过你们,莎士比亚有一个妹妹,但请你们不要去西德尼·李爵士①的《诗人传》里寻找她,她死得很早——实在是可惜,她连一个字都还没来得及写呢。她现在就被埋在大象与城堡酒店对面的公共汽车停站的地方。我相信,这位被埋在十字路口、从未写过一个字的诗人还活着;她就活在你身体里面,活在我身体里面,也活在许多其他今晚没能到场的女人身体里面;她们都正忙着刷锅洗碗,或是哄孩子睡觉呢。她还活着,伟大的诗人不会消亡,而是会继续存在下去,只要一有机会,他们就会活生生地融入我们中间。

我在想,现在,这个机会已经来了,就把握在你们手中。因为我相信,如果我们再活一个世纪左右——我指的是真正意义上人类的共同生活,而不是我们个人的小日子——每人每年都能收入五百英镑,都有一间属于自己的房间;如果我们养成自由的习惯,有勇气直抒己见;如果我们能稍微离开一会儿起居室,不再总是从人与人之间关系的角度,而也从人与现实之间关系的角度来看待人;如果我们对天

---

① 西德尼·李爵士(Sir Sidney Lee)(1859—1926),英国传记作家、作家、评论家、不列颠学会会员。

空、对树木、对无论什么事物，都能从其自身角度来观察；那么就没有谁可以挡住我们的视线，所以如果我们的目光能够穿透弥尔顿的幽灵；如果我们能面对事实——因为这就是事实，我们没有可以用来依靠的膀臂，独来独往，我们的关系是与现实世界的关系，而不仅仅是与男女世界的关系；只有这样，我们才能得着机会，让死去的诗人、莎士比亚的妹妹重新披戴她那沉睡已久的躯壳。她会像她哥哥那样，从那些默默无闻的先驱身上汲取生命，她将重获新生。

倘若她的到来没有经过一番准备，没有我们的努力，也没有重生后以诗为生的信念，我们就不能指望她会重生，因为这绝不可能。

但我还是坚信，只要我们肯为她努力，她就会回来。因此，哪怕是在一贫如洗、默默无闻之中奋斗，我们的努力也是值得的。